The Special Strawberry Tart Case

春期限定
いちごタルト
事件

SHUNKI GENTEI ICHIGOTARUTO JIKEN
(THE SPECIAL STRAWBERRY TART CASE)

by Honobu YONEZAWA

Copyright ⓒ 2004 by Honobu YONEZAWA
First published in Japan in 2004 by TOKYO SOGENSHA CO., LTD.
Korean translation rights arranged with TOKYO SOGENSHA CO., LTD. Tokyo
through Shinwon Agency Co.

요네자와 호노부

The Special Strawberry Tart Case

春期限定
いちごタルト
事件

봄철
한정
딸기
타르트
사건

김선영 옮김

엘리시온

The Special
Strawberry Tart
Case

피 빵 덕 그

대뜸 꿈 이야기로 시작하는 것도 식상하지만, 곰곰이 생각하건대 역시 이걸로 시작하는 게 가장 나을 듯하다. 꿈으로 끝나는 이야기보다야 낫겠지.

꿈속에서 나는 군중들이 지켜보는 가운데 반 친구를 고발하고 있었다. 이런 식으로.

"다시 말해 ××, 지금까지의 논증으로 알 수 있듯 사실은 명백해. 내가 처음 생각한 대로 이건 시간 트릭을 깨면 해결될 일이야.

증거가 있어야 시인하겠다면 보여줄 수도 있지만, 뭐, 그렇지. 더는 달아날 길이 없어. 알리바이 위조에 인라인 스케이트를 쓰다니 독창적이라고 할 수는 없지만 나쁘지 않은 발상이었어. 다만 상대가 나빴지.

언제였더라, 베이시스트 실종 사건 알지? 그걸 해결한 게 나야. 그리고 이건 알아? 음악실에서 꽃병이 떨어진 사건. 그게 사고가 아니란 걸 꿰뚫어 본 것도 나지. 무엇보다 사가와 패거리가 파출소에서 훈계를 듣게 만든 것도 실은, 바로 나야.

그런 내가 단언컨대, 저 애한테 누명을 씌운 건 너야. 자, 패배를 인정하겠어? 아니면 의미 없는 변명으로 다른 친구들의 시간을 빼앗고 싶어?"

××는 풀썩 고개를 꺾었다. 그러고 보니 이 녀석 누구더라? 순간 의문이 들었지만 꿈속의 일이라 범인은 얼굴도 없었다. 그를 굽어보며 나는 당당하게 선언했다.

"뭐, 반성하기에 아직 늦진 않았어. 네게 눈곱만큼이라도 양심이 남아 있다면 그 마음에 따르도록 해."

나는 관중을 돌아보았다. 그들 역시 얼굴은 없었지만, 우레와 같은 박수로 내 해결을 격찬해주었다.

"우와, 굉장해!"

"그런 줄은 꿈에도 몰랐네."

"설마 쟤가 범인일 줄은."

"훌륭해, 역시 대단해."

"과연 고바토 조고로라니까."

"멋져, 정말 멋져."

나는 그들을 향해 두 손을 들어 끝없는 찬사에 응답했다. 득의양양. 그 정도 간계로 내 눈을 피하려 들다니 어리석다 못해 원숭이 수준이다. 그런 생각마저 했다. 나 참, 정말이지 허무할 정도다. 나를 쩔쩔매게 만들 만큼 영악한 자는 어디 없는 걸까?

그렇게 자만에 빠져 있는 나를 꿈을 꾸는 주체인 나는 씁쓸하기 짝이 없는 기분으로 보고 있었다. 그런 마음이 꿈에 영향을 미쳤는지, 환호성을 질러대는 관중 속에서 누가 한 걸음 걸어 나왔다.

저건 누굴까. 짐작 가는 사람은 몇 명 있다. 내게 그런 소리를 해줄 만한 상대는. 그 혹은 그녀는 생글생글 웃으며 이렇게 말했다.

"정말 훌륭해. 완벽한 추리. 깔끔한 증명. 하지만 글쎄, 음, 뭐랄까, 이런 말 하긴 그런데, 솔직히 말해서…….

너, 좀 짜증나."

거참 실로 끔찍한 꿈을 꾸었다. 잠에서 깨고 나서도 한동

안 심장이 벌렁벌렁 시끄러워서 심장질환이라도 걸리는 게 아닐까 걱정했을 정도다.

다행히 꿈은 빠른 속도로 잊혔다. 세세한 부분은 순식간에 기억에서 사라진다. 거의 잊어버렸을 즈음, 나는 문득 또 하나의 꿈을 꾸고 있었다는 생각이 들었다. 그쪽의 주인공은 내가 아니라 무척 자그마한 여자아이였다. 내용은 까맣게 잊어버려서 한 조각도 떠오르지 않는다.

침대에서 몸을 일으키니 커튼 너머가 환하니 밝았다. 벽시계를 보니 일어나기에는 아직 이른 시간이다. 하지만 잠이 싹 달아났으니 이대로 일어나기로 했다. 침대 가장자리에 걸터앉아 사라져가는 꿈을 되짚어보았다.

괜찮다. 지금의 나는 꿈에 나왔던 나와는 조금 다르다. 꿈꾸는 이상적인 모습을 가슴에 품고, 미소를 무기 삼아, 마음먹은 대로 생활할 수 있다. 마음이 약해질 때는 동지도 있다. 같은 목적을 가진 든든한 파트너다.

때가 되면 나는 고등학교에 간다. 아직은 나의 고등학교가 아니다. 오늘은 합격 발표일로, 결과에 문제가 없으면 사월부터 다닐 예정이다.

중학교에서 고등학교로 올라가는 환경의 변화. 듣자 하니 중학생 때까지는 얌전히 지내다가 고등학교에 들어간 뒤에 말썽을 부리는 경우를 '고등학교 데뷔'라고 하는 모양이다.

다소 의미는 다르지만 우리도 고등학교 데뷔를 노리고 있다. 커튼이 닫힌 어둑한 방. 나는 꼼짝도 않고 있었다.

그렇다. 환경이 바뀌면, 분명 잘 해나갈 수 있을 것이다.

The Special
Strawberry Tart
Case

양의 탈

1

　누가 자신 있느냐고 물었다면 없다고 대답했을 것이다.

　다만 질문한 상대가 하느님 같은 존재이고, 사실대로 말해도 아무도 나쁘게 보지 않는다는 보장이 있다면 나는 분명 '떨어진다는 생각은 하지도 않았다'라고 대답했을 것이다.

　후나도 고등학교는 이 부근에서는 합격 문이 좁기로 유명하다. 그렇다고 해도 공립학교라 수험생 수는 중학교에서 조정되고, 경쟁률도 1.2배를 넘지 않는다. 합격생 수험 번호는 체육관 앞에 나붙어 있었다. 나는 동네 벚꽃이라도 구경하러 가는 가벼운 마음으로 번호를 확인하러 갔다가 금방 내 번호를 발견했다. 작은 한숨을 쉰 것은 그래도 역시 조금은 불안한 마음이 있었기 때문이리라.

어쨌든 내 문제는 끝났다. 하지만 아직 마음을 놓을 수는 없다. 또 한 명, 서로 약속을 나눈 동지의 결과가 마음에 걸렸다. 여기까지 같이 왔으니 이 부근에 있을 텐데……. 게시판 앞은 밀려드는 인파로 한 치 앞도 보이지 않았다. 절망적이다. 그 파트너라는 게, 조그만데다가 눈에 띄지도 않는다. 나는 눈으로 찾기를 포기하고 인파 속에서 조금 떨어졌다. 휴대전화를 꺼내 주소록을 열었다. 등록명은 '오사나이 유키 휴대전화'.

난 붙었어. 오사나이 너는?

답장이 돌아왔다.

지금 어디야?

주위를 휘 둘러보고 표지가 될 만한 것을 찾았다. 시험 볼 때 처음 오고 오늘이 두 번째 와보는 곳이다. 무엇을 랜드마크로 삼을지 고민한 끝에 나는 이런 문자를 보냈다.

교문에 가 있을게.

금방 갈게.

교신 종료. 교문 쪽으로 향하면서 폴더형 휴대전화를 주머니에 넣었다. 우리가 주고받는 문자는 언제나 짧다. 오사나이가 이모티콘도 스티커도 쓰지 않으니 나도 쓰지 않는다. 전에 들은 적이 있는데, 오사나이가 그런 장식을 쓰지 않는 이유는 내게 맞춰서 그러는 것이라 한다. 오사나이 아니면 나, 둘 중 하나가 수수한 걸 좋아하고, 다른 한쪽이 상대에게 맞추고 있는 셈이다. 아마 서로 반반일 것이다.

교문 근처에는 몇 개의 집단이 형성되어 있었다. 오사나이는 아직 오지 않은…… 줄 알았더니 쌀쌀맞게 생긴 콘크리트 교문 그늘에서 세일러복 차림의 자그마한 소녀가 상체를 쏙 내밀었다. 왜 숨어 있는 거야, 왜. 나는 그 아이에게 손짓을 했다. 쪼르르 다가온 오사나이는 기어들어가는 작은 목소리로 이렇게 말했다.

"나도."

"……뭐가?"

"고바토, 붙었다면서?"

아아, 그렇구나. 나는 함박웃음을 지었다.

"그렇구나, 오사나이도 붙었구나. 다행이다."

"응. ……앞으로도 잘 부탁해."

누가 듣는다고 큰일날 일 없는, 너무나 평범한 대화. 그런데 오사나이는 주위를 신경쓰는 것처럼 목소리를 높이려 하지 않았다.

이름은 오사나이 유키. 자그마한 몸집을 제외하면 외모에서 눈에 띄는 구석은 하나도 없다. 가느다란 눈에 얇은 입술,

작은 코. 이목구비가 하나같이 오밀조밀하고 얼굴 크기도 작다. 굳이 말하자면 귀가 조금 복스러울까. 머리카락은 단발, 작은 몸집에 걸맞게 손도 발도 가녀리다. 버스도 초등학생 요금으로 탈 수 있다. 중학교 교복인 세일러복에 우윳빛 카디건을 걸치고 있었다. 분위기는…… 이건 본인도 마음에 들어하는 묘사인데, 작은 동물 같다.

오사나이하고는 중학교 3학년 초여름부터 함께 어울렸다.

산들바람이 불어왔다. 봄이 성큼 다가와, 나와 오사나이는 봄철 입학을 앞두고 있지만 아직 공기는 제법 쌀쌀했다. 몸이 부르르 떨렸다. 입학식 때까지 이제 이곳에 볼일은 없다.

"추우니까 난 돌아갈래."

"나도."

오사나이는 그렇게 말하더니 잠시 생각에 잠겼다.

"춥네."

"추우니까 그만 돌아간다잖아."

"합격 축하 삼아 따뜻한 거라도 먹고 갈래?"

그건 좋은 제안이다. 이 부근은 잘 모르지만 오사나이라면 가게 한두 곳쯤 알고 있겠지. 군말 없이 동의하고 걸음을 떼려는 찰나에 누가 불쑥 말을 걸어 왔다.

"안녕?"

돌아보니 어딘가 껄렁하게 보이는 적회색 바람막이 점퍼를 걸친 남자가 수첩을 손에 들고 서 있었다. 팔에는 자주색 완장, 하얀 글씨로 "기자"라고 적혀 있다. 순간 오사나이가 몸을 돌려 내 뒤에 숨어버렸다. 재빠른 동작이다. 남자는 그런 오사나이를 힐끔 쳐다보았다가 거의 무표정한 얼굴로 내게 질문을 던졌다.

"합격한 것 같군요. 축하합니다. 잠깐 시간 좀 내줄 수 있어요?"

이 몸을 인터뷰하시겠다? 오호라.

웃는 얼굴로 즉답했다.

"죄송하지만 아직 볼일이 남아서요."

그 말만 남기고 대답도 듣지 않고 인파 쪽으로 후다닥. 오사나이도 찰싹 달라붙어 따라왔다. 딱히 언론을 불신하는 건 아니지만 직접 얽히는 건 사양이다. 오사나이도 같은 마음일 텐데, 충분히 거리가 벌어지자 나를 올려다보며 불안한 기색으로 눈썹을 찌푸렸다.

"고바토……. 저 사람, 화났을까?"

나도 마음에 걸렸던 문제라 어깨 너머로 슬쩍 돌아보았다. 기자는 굳이 우리를 쫓아오지는 않고 주위를 둘러보며 다음 상대를 찾는 눈치였다.

"괜찮은 것 같아. 혹시 화가 났다고 해도 그게 저 사람 일이라고 생각하자."

"……응."

오사나이는 고개를 끄덕였지만 표정은 여전히 어두웠다.

클라크 박사는 홋카이도 대학 학생들에게 "신사가 되라"는 말을 남겼다는데, 나와 오사나이도 비슷한 신조를 가지고 있다. '신사'와 흡사하지만, 그보다는 사회적 계급이 조금 더 낮은. '소시민이 되라.' 바로 이것. 일상의 평온과 안정을 위하여, 나와 오사나이는 소시민을 관철한다. 물론 표현 방식은 조금 다르다. 오사나이는 숨는다. 나는, 웃음으로 얼버무린다.

자고로 소시민에게 텔레비전은 보는 것이고 신문은 읽는 것이다. 출연이나 게재라니 어불성설. 제대로 쓰일지 의심스러운 인터뷰에 응할 생각은 추호도 없다. 다만 남의 업무를 방해해서 원망을 사는 것 또한 소시민적이지 못하다는 점은 문제다. 그런 점에서 저 바람막이 점퍼 남자의 태도에 마음이 놓였다.

그나저나. 나는 걸음을 멈추고 다시 한번 교문을 돌아보았다. 오사나이가 물었다.

"왜 그래?"

"아니, 별건 아닌데. 도망친 방향이 좀 안 좋았네."

지금 교문에서 이쪽으로 도망쳤는데 다시 저 남자 옆을 지나 밖으로 나가기는 거북하다. 거북한 일은 싫다. 다른 출입구도 있기야 하겠지만 어딘지 잘 모르겠다. 이제 어쩐다, 고민하는데 오사나이가 또 내 뒤에 숨었다.

"……가만히 있어, 고바토."

무슨 일인가 주위를 둘러보니 감이 왔다.

당연한 일이지만 이곳에는 같이 시험을 치른 중학교 동급생도 많이 와 있다. 방금 전까지도 아는 얼굴을 제법 마주쳤다. 오사나이가 본 것은 그런 동급생 중 한 명으로, 오사나이와 같은 반 친구였다. 내 뒤에 숨은 오사나이의 기분을 알 것 같았다. 오사나이는 합격했지만 저 아이가 떨어졌다면 불편할 만도 하다.

그러고 보니 교문에서 만났을 때, 합격 소식을 알리는 오사나이의 목소리는 평소보다 훨씬 작았다. 주변에 떨어진 사람이 있을지도 몰라서 그랬나? 정말이지, 소시민의 길을 걷는 동지라도 나는 오사나이보다 배려심이 한참 부족하다. 나는 오사나이의 마음을 헤아려, 부탁받은 대로 한동안 꼼짝 않고 있었다.

합격생 번호가 나붙은 뒤로 시간이 제법 흘렀다. 인파를 뒤덮었던 흥분도 서서히 식어갔고, 오사나이가 보여줬던 배려가 무색하게 곳곳에서 만세 소리가 치솟았다. 흥분과 함께 괜한 불똥도 가라앉았을 테니 슬슬 나가서 약속대로 따뜻한 음료나 한잔할까 한 순간.

"어이, 거기 너."

또 누가 불러세웠다. 굵은 목소리, 이번에는 제법 거칠다. 오사나이가 일순 몸을 움찔 굳혔다. 나도 솔직히 깜짝 놀랐다. 이런 곳에서 갑자기 '너'라고 불릴 줄은 몰랐다. 일단은 고분고분하게 뒤를 돌아보았다.

거기에는 목소리에 걸맞게 거친 인상의 남자가 서 있었다. 어깨는 떡 벌어지고 키만 해도 나보다 훨씬 크다. 여기에 있다는 건 나하고 같은 나이, 그렇다면 오사나이하고도 같은 나이일 텐데 두 사람을 나란히 두고 사진을 찍는다면 '영양 상태에 따른 발육 차이'라는 설명을 붙여 자료로 쓸 수 있을 것 같다. 그렇지 않아도 각진 얼굴인데 옆머리를 짧게 쳐서 머리 전체가 사각으로 보였다. 나는 그를 보고 연기가 아닌 진심으로 환한 웃음을 지었다.

"야, 이거 이거."

"이거 이거가 뭐야? 인사하는 꼴하고는."

봄철 한정 딸기 타르트 사건

"다짜고짜 '어이, 너' 하는 것보다는 낫다고 생각하는데. 오랜만이다, 겐고!"

겐고는 한차례 콧방귀를 뀌었을 뿐, 특별히 친한 티를 내지는 않았다. 그도 그럴 것이 나와 겐고는 오래 알고 지냈지만 생각해보면 딱히 친구라고 부를 만한 사이는 아니었다.

"너도 후나도 시험 쳤어?"

"응, 뭐 그렇지."

"그래서 붙은 거지?"

"턱걸이로."

겐고가 그런가, 하고 중얼거리면서 고개를 끄덕였다. 딱히 불쾌한 기색은 아니었지만 뚱한 표정으로 팔짱을 꼈다.

"두뇌 싸움에서 네가 실수할 리는 없겠지만……. 또 같은 학교네."

겐고 님도 합격하셨습니까. 축하드리고말고요.

오사나이는 낯을 가린다. 당연한 일일지도 모르지만 상대가 남자일 때 더 심하다. 하물며 천생 남자 스타일의 겐고는 오사나이가 가장 불편해하는 타입이라, 또다시 내 뒤에서 내 플리스 재킷 소매를 붙들고 몸을 웅크리고 있다. 이따금 오사나이는 뭐든 가림막을 들고 다니는 게 생활에 편하지 않을까 생각한다. 커다란 상자나.

나는 그런 오사나이를 돌아보며 미소를 던졌다.

"생긴 건 험악해도 무서운 애는 아니야, 오사나이."

겐고는 이번에야말로 얼굴을 찌푸렸다.

"누가 무서운 애가 아니라는 거야?"

"아아, 미안. 무서운 애인가?"

"처음부터 무섭다 무섭지 않다는 잣대를 꺼내지 말라는 소리야."

"듣고 보니……. 응. 미안. 악의는 없었어."

애써 해명하려 할수록 겐고는 믿지 못하겠다는 표정을 지었다.

"너……."

급기야 입을 열다 말을 삼키기까지 했다.

겐고가 뒷말을 하지 않자 나는 어쩔 수 없이 그를 소개했다.

"오사나이, 이쪽은 도지마 겐고. 초등학교 동창이야."

소개를 받은 오사나이는 쭈뼛쭈뼛 겐고 앞에 온몸을 드러내고 꾸벅 고개를 숙였다.

"겐고, 이쪽은 오사나이. 같은 중학교에 다녔어. 친구야."

겐고는 지극히 예의 바르게 인사했다. 팔짱을 풀고 가슴을 펴더니 스스로 이름을 밝혔다.

"안녕, 오사나이. 조고로의 친구라면 분명 인내심이 강하겠구나. 나는 도지마 겐고. 이제 동창이 될 테니 잘 부탁해."

말버릇하고는. 게다가 오사나이가 합격했다는 말은 하지도 않았는데.

키 차이 때문이기도 하겠지만 오사나이는 눈을 한껏 치뜨고 겐고를 올려다보고 있었다. 많이 거북해 보이면 끼어들까 싶었는데, 표정은 딱딱했지만 오사나이는 그럭저럭 미소를 지으며 고개를 까딱였다.

예정대로 오사나이가 좋아하는 카페에서 따뜻한 음료를 주문했다. 나는 커피를. 오사나이는 뜨거운 레모네이드에 딸기 타르트를 주문했다. 미니 케이크라고 해도 될 만한 작은 타르트였다.

오사나이는 레모네이드가 찰랑거리는 컵을 두 손바닥으로 감싸고 가만히 숨을 토했다. 빨간 목도리는 풀어서 무릎 위에 얹어놓았다. 얼어붙은 손가락을 녹이듯 쉴 새 없이 컵을 어루만지던 오사나이가 이윽고 컵을 들어 한 모금 마셨다. 포크를 들어 딸기 타르트 모서리를 잘라 입으로 가져간다. 늘 어딘가 울적해 보이는 오사나이의 표정이 순간 행복에 감싸인다. 나는 웃었다.

"맛있어?"

오사나이는 꾸벅거렸다. 그러고서 레모네이드에 입을 살짝 대더니 고개를 갸웃거렸다.

"맛있어. 하지만……."

"하지만?"

오사나이가 목소리를 낮췄다.

"더 맛있는 걸, 알아."

"그래?"

달콤한 걸 좋아하지 않는 내 대답이 다소 건성이었던 건 어쩔 수 없는 일이다. 그래도 이야기의 흐름을 고려해 물었다.

"어느 가게인데?"

오사나이의 입가에 자연스러운 미소가 번졌다.

"'앨리스'의 봄철 한정 딸기 타르트. 온통 딸기 범벅이야. 올해도 무조건 사 먹을 거야."

딸기 범벅. 별로 맛있게 느껴지는 어감은 아니라는 생각이 먼저 들었다. 하지만 오사나이가 이렇게 미소를 짓는 것은 이제 단 음식 이야기를 할 때뿐이다.

그래서 나는 산통을 깨지 않고 그거 기쁘겠다고 대답했다.

오사나이가 아무리 천천히 음미해도 작은 타르트는 십 분도 지나지 않아 사라지고 말았다. 마침 나도 커피에 질려 컵 바닥에 조금 남겨놓은 상태였다. 타르트가 사라져 평소의 울

적한 표정으로 돌아온 오사나이가 이윽고 조심스레 입을 뗐
다.

"그런데 고바토."

"응."

"도지마는 어떤 사람이야?"

어려운 질문이다. 어떤 사람이냐는 질문에 이런 사람이라
고 한마디로 정리하는 건 내 특기가 아니다. 그만 되묻고 말
았다.

"신경쓰여?"

오사나이는 고개를 숙이더니 흘깃거리는 시선으로 내 얼굴
을 살폈다. 겐고의 친구인 내 눈치를 보는 것이다. 나는 웃는
얼굴로 오사나이가 입을 열기를 기다렸다.

귓속말처럼 작은 목소리가 들려왔다.

"그 애……. 고바토한테 뭔가 떠맡길 것 같아. 오늘 처음
봤는데 이런 말은 미안하지만 왠지 억지 부릴 것처럼 생겼
어."

불안한 마음은 이해한다. 우리는 그런 낌새에 예민하다.
실제로 겐고에게는 그런 면이 있다.

"하긴. 못 만났던 삼 년 사이에 성격이 바뀌지 않았다면 그
녀석은 의외로 참견꾼이긴 해."

"……."

그렇지 않아도 밝지는 않았던 오사나이의 표정이 한층 어두워졌다. 앞으로 시작될 고등학교 생활에 뿌리치기 어려운 암운을 느꼈으리라. 그 심정은 잘 알지만 나는 겐고를 조금 변호해주고 싶어졌다.

"걱정할 필요는 없어. 겐고는 좋은 녀석이야."

그렇게 말한 뒤에 바보 같은 소리를 했나 싶었다. 아니나 다를까 오사나이는 고개를 살짝 가로저었다.

"좋은 사람이라면 더 걱정돼. ……그냥 두질 않으니까. 고바토도 나쁜 사람이 더 다루기 쉽다고 그랬잖아."

아아, 그랬다.

하지만 겐고는 우리가 우려하는 '좋은 사람'은 아니다. 무엇을 위한다는 기치를 내세워 다른 사람을 몰아세우는 '좋은 사람'은 아니다. 물론 나쁜 사람도 아니다. 그 점을 어떻게 설명해야 할까?

입을 다문 나를 보고 오사나이는 당황한 기색으로 말했다.

"어떻게 설명할지 고민하는 거야? 괜찮으니까 걱정 마. 고바토가 친구로 지내고 싶다고 생각할 만한 사람이라면 분명 날 귀찮게 하지는 않을 테니까."

"……응. 아마, 그럴 거야."

어쩐지 건성으로 둘러댄 것 같아 마음에 걸렸지만 나는 조금 남은 커피를 홀짝거리며 비웠다. 오사나이도 덩달아 레모네이드를 한 모금 마셨다. 친하지는 않지만 나는 겐고를 높게 평가하고 있었다. 가능하다면 오사나이도 겐고를 싫어하지 않았으면 좋겠다. 다만 그건 오사나이가 결정할 일이다. 참견은 하지 않을 생각이다.

우리의 컵이 바닥을 드러냈을 때.

오사나이가 마음을 굳힌 듯 힘차게 말했다.

"고바토. 달아나고 싶을 때는 날 핑계로 대. 사양할 필요 없으니까."

나는 가만히 웃었다.

"물론 그럴 생각이야."

그것은 굳이 확인할 필요도 없이 우리 사이의 약속이다. 내가 오사나이를 핑계로 대는 것처럼 오사나이는 나를 핑계로 댄다. 나는 오사나이를 방패로 삼고 오사나이는 나를 방패로 삼는다. 우리는 그렇게 평화로운 시간을 만들어낸다.

그렇다. 이제 곧, 우리는 고등학생이 된다. 이 기회를 놓칠 수는 없다.

우리는 이제부터 완전한 소시민으로 비약할 것이다.

2

고등학교 생활은 순조롭게 시작되었다.

학기 초에는 대부분 상황을 살핀다. 일부는 관찰하고, 일부는 속을 떠보며, 인간관계를 구축하기 위한 기본 전략을 세운다. 먼저 한판 뜨려는 녀석도 있었지만 나는 그런 상대와는 교묘하게 거리를 두었다.

이윽고 반 아이들은 저마다 서서히 본성을 드러내기 시작했다. 사월도 중순에 접어든 어느 평일, 방과후의 일이다.

그날은 낮부터 비가 내려, 바닥이 아직 질척하게 젖어 있었다. 나와 오사나이는 나란히 1학년 교실이 있는 4층에서 계단을 내려오고 있었다. 오사나이가 입을 열었다.

"동네에 새 크레이프 가게가 생겼어. 기대돼."

"기대돼? 현재형?"

"응. 아직 못 가봤거든. 북적거리는 건 싫으니까. 아직 손님이 많을 거야…….."

나는 미소를 지었다.

"같이 갈까?"

"가주려고?"

집에 가는 길에 들러보자고 말하려는데 휴대전화가 울렸다. 꺼내보니 문자가 아니라 전화였다. 상대는 겐고. 오사나이에게 잠깐 기다리라고 몸짓으로 전하고 전화를 받았다.

"겐고?"

전화기 너머에서 겐고가 쓸데없이 큰 목소리로 외쳤다.

"조고로냐? 아직 학교에 있어?"

"그래. 돌아가려는 참이지만."

"사람이 필요해. 손 좀 빌려줘."

흐음. 뜬금없이 손을 빌려달라니 무슨 일이 있는 걸까? 지금 막 선약이 생긴 참이지만 모르는 척하기도 미안해서 오사나이에게 눈짓으로 물었다. 오사나이는 고개를 갸웃거리며 물었다.

"얼마나 걸릴 것 같아?"

"얼마나 걸려?"

"글쎄……. 삼십 분 정도?"

"삼십 분이라."

다시 한번 오사나이에게 시선을 던지자 다소 서글픈 표정으로 고개를 숙이면서도 기다리겠다고 했다. 먼저 돌아가도 되는데 기다리겠다니까 그래달라고 했다.

"알았어. 삼십 분이라면. 그 이상 걸리면 좀 곤란하지만."

"볼일이라도 있어? 삼십 분만 도와주면 돼. 지금 계단 앞이야? 그럼 2층 동쪽 계단으로 와줘."

전화가 끊겼다. 혹시 몰라 오사나이에게 함께 가겠느냐고 물어보았지만 예상대로 오사나이는 고개를 살래살래 저었다.

후나도 고등학교 본관은 위에서 보면 옆으로 누운 'H'의 한쪽 가로선이 오른쪽으로, 다른 한쪽이 왼쪽으로 어긋나 있는 모양새다. 우리는 그 가로선을 각각 북쪽 동과 남쪽 동이라고 부른다. 1학년이 주로 쓰는 계단은 북쪽 동에 있으니 겐고가 말한 2층이란 당연히 북쪽 동의 2층일 것이다.

동쪽 계단이라니 어느 쪽이지? 북쪽 동과 남쪽 동이라는 이름이 붙어 있으니 어느 쪽이 동쪽인지 고민할 필요도 없지만, 세심하게도 계단실에는 '1F-W', '3F-E' 같은 식으로 표시까지 붙어 있었다.

봄철 한정 딸기 타르트 사건

겐고에게 들은 장소에 가니 진녹색 학교 체육복을 입은 겐고가 팔짱을 끼고 서 있었다. 그 주위에 남학생이 두 명, 여학생이 한 명 모여 있다. 남학생 한 명은 겐고와 똑같은 체육복 차림이고 다른 한 명은 나와 같은 스탠드칼라 교복을 입고 있다. 여학생은 세일러복이다. 교복 남학생과 세일러복 여학생은 저마다 목깃과 가슴께에 교표를 달고 있었다. 유심히 보니 1학년이다. 이런 상황에서 나머지 체육복 남학생이 상급생일 리는 없겠지.

다들 하나같이 표정이 어둡다. 무심코 한마디했다.

"왜 그리 심각해?"

겐고도 얼굴을 잔뜩 찌푸리고 있었다.

"그럴 수밖에."

"손이 필요하다며?"

"그래."

겐고는 고개를 끄덕이더니 팔짱을 풀었다.

"찾아줬으면 하는 물건이 있어. 손가방이야."

손가방이라.

손가방이 겐고의 소지품일 리는 없다. 나는 겐고 뒤에 서 있는 세일러복 여학생을 보았다. 외모로 사람을 이렇다저렇다 평가하는 건 바람직하지 않지만 어딘가 멍해 보이는 사람이었다. 이목구비도 얌전하지만 반듯해서, 평하자면 연약한 일본 미인이라 할 수 있겠다. 물론 연약하다는 기준으로 비교한다면 오사나이에게는 미치지도 못하지만.

내 시선을 알아챈 겐고가 고개를 끄덕였다.

"이 친구 손가방이야. 도둑맞았어."

……아아, 그건 큰일이군.

학교에서 물건을 도둑맞는 일은 이따금 생기곤 한다. 문제는 그 일이 도지마 겐고의 눈이 닿는 곳에서 일어났다는 점이다. 겐고는 팔짱을 끼고 주먹을 불끈 쥔 채로 각진 얼굴을 찌푸렸다.

"여자 가방을 훔치다니 별 시시한 짓을 하는 녀석도 다 있어."

"시시한 짓이야?"

그렇게 묻자 겐고는 나를 매섭게 쏘아보았다.

"무슨 뜻이냐?"

"아니, 아무 뜻도 없는데."

변명이 먼저 튀어나왔다. 하지만 겐고는 그런 말에 넘어가지 않았다. 어디 말해보라는 듯이 턱을 까딱거린다. 어쩔 수 없이 나는 말을 이었다.

"가방 안에 돈이라도 들어 있었다면 시시한 짓이 아니라

봄철 한정 딸기 타르트 사건

범죄라고 생각했을 뿐이야."

"돈이 들어 있지 않아도 범죄야. ……하지만 맞는 말이네. 요시구치, 안에 귀중품은?"

요시구치는 손가방을 도둑맞은 여학생의 이름이었다. 요시구치는 겉보기와는 달리 또박또박 대답했다.

"아니. 립크림하고 볼펜, 그리고 가위. 아, 수첩도."

"그것뿐?"

"응. 그게 다야. 다른 건 아무것도 없었어."

편하게 말을 나누는 모습을 보니 어쩌면 요시구치와 겐고는 같은 중학교 출신일지도 모른다. 어쨌든 귀중품은 없었던 모양이다. 그렇다면…….

아니, 그들이 지금 내게 요구하는 것은 추리가 아니다. 그렇다면 추리해서는 안 된다. 겐고는 내게 손을 빌려달라고 했을 뿐이다. 나는 기다리고 있는 남학생 둘을 차례로 쳐다본 다음 겐고에게 물었다.

"손가방을 도둑맞았다는 건 알겠어. 그런데 사람들을 모아서 뭘 하려고?"

"……묘하게 고분고분한데."

나는 어깨를 움츠렸다. 겐고는 잠시 눈썹을 찌푸렸지만 바로 마음을 가다듬었다.

"도둑맞았다고 말하긴 했지만 정말 그런지는 아직 몰라. 누가 숨긴 걸지도 모르지. 일단 교내를 찾아보자고들 해서."

오호라. 냉정한 대응이 아닌가?

그렇다면 요시구치란 여학생 이외의 두 사람은 수색대 지원자란 뜻인가. 겐고 같은 참견꾼이거나, 그게 아니면 억지로 끌려왔으리라. 유심히 보니 한 명은 몸집이 탄탄한 게 유도라도 할 것처럼 생겼고, 다른 한 명은 보통 체격에 묘하게 비굴한 미소를 입가에 머금고 있었다.

"그렇게 됐으니 너도 도와줘."

겐고의 말에 나는 웃었다.

"아아, 좋아. 그런 일이라면. 삼십 분까지 걸리지도 않겠네."

그렇게 말하자 요시구치가 그제야 내 쪽을 제대로 쳐다보았다.

"고마워. 저……."

"고바토야."

"고마워, 고바토."

천만에. 단순 노동이라면 얼마든지.

"그래서 찾아야 할 손가방 말인데……. 요시구치?"

겐고가 물었다. 요시구치는 손을 펼쳤다. 가로 삼십 센티 미터쯤 될까. 손가방치고는 다소 커 보였다.

"이 정도 크기에…… 색은 짙은 빨간색이고 어깨끈은 가늘고 안감이 흰색."

잠자코 있으려 했는데 그만 끼어들고 말았다.

"언제 잃어버렸어?"

"6교시 체육 수업이 시작될 때는 있었는데 돌아와보니 사라졌어."

오호라. 어디서 잃어버린 건 아닌 모양이다.

"흐음. 빨간색에 흰색이라."

겐고는 그렇게 중얼대더니 턱을 어루만지며 몇 번이나 고개를 끄덕였다.

"……좋아, 그럼 시작하자. 난 1층을 찾을게. 시모무라는 3층, 조고로는 2층을 부탁해. 다카다는 4층을 찾아."

대답하는 타이밍으로 보건대 실실 웃는 얼굴이 시모무라, 튼튼한 쪽이 다카다인 듯했다. 두 사람이 계단을 올라가자 겐고는 내게 잘 부탁한다는 말을 다시 한번 남기고 아래로 내려갔다. 그 자리에는 나하고 요시구치만 남았다. 수색에 임하기 전에 나는 요시구치에게 예의상 웃어 보였다.

"요시구치랬나? 큰일이네."

"응."

요시구치가 들릴락 말락 한 목소리로 대답했다. 나는 미소를 거두지 않고 말을 이었다.

"손가방도 그렇지만, 겐고가…… 저 녀석이 찾아내자고 억지를 부린 것 아니야?"

그렇게 말하자 요시구치가 문득 표정을 누그러뜨리더니 작은 한숨을 쉬었다.

"아니, 억지를 부린 건 아니야. 찾아주는 건 고마운 일이고 손가방을 잃어버려서 난처한 것도 사실이거든. 하지만 저렇게 열을 올리면 조금……. 남자들 손만 셋이나 빌리다니 왠지 꼬드긴 것 같아서 불편해."

보다 정확하게 말하자면, 다른 친구들에게 남자를 꼬드겼다고 오해를 사는 게 불편한 것이리라. 이 여학생, 보아하니 '우리 쪽' 당원이다. 우리 소시민 클럽에 영광과 평온 있으라.

나는 어깨를 움츠렸다.

"어렵게 생각 마. 요시구치를 위한 게 아니라 겐고 부탁이라 찾는 거니까. 그럼 요시구치는 남학생이 못 들어가는 곳을 찾아봐."

자, 나도 시작해볼까. 빨리 찾아내면 오사나이를 기다리게 할 필요도 없다.

봄철 한정 딸기 타르트 사건

내가 맡은 2층에는 주로 3학년 교실이 있다. 누가 악의로 요시구치의 손가방을 숨겼다면 3학년 교실에 감추기는 어려울 것이다.

교실을 빼면 찾아볼 곳은 허무할 정도로 적었다. 후나도 고등학교는 교실 뒤에 사물함이 있다. 따라서 복도는 오로지 사람들이 오가기 위한 곳인 셈인데 물건이 극단적으로 적다. 그래도 일단 부탁받은 일이니 성실하게 찾았다. 냉수기 뒤, 남자 화장실. 그런 곳에 있을 리도 없는데.

훔친 거라면 얘기가 다르지만 여학생의 손가방을 감춘 걸로 보아 범인이 남자일 리는 없고, 여자가 범인이라면 남자 화장실 안에 숨기기는 조금 어려울 것이다. 냉수기 뒤쪽은 말할 필요도 없다. 물건을 숨길 만한 공간이 없으니까.

북쪽 동 2층을 동쪽 끝부터 서쪽 막다른 곳까지 훑었다. 관찰력을 총동원했지만 가방 비슷한 물건은 전혀 보이지 않았다. 조금 되돌아가 철골이 드러난 연결 복도를 지나 남쪽 동으로 갔다. 생각해보면 철골 뒤는 물건을 감추기에 안성맞춤이다. 그 사실을 깨닫고 건너온 연결 복도를 다시 찬찬히 살피며 돌아가보았다. 이 복도는 창문이 있어 안뜰이 보였다.

몸을 숙여 보기도 하고 일어나 등을 쭉 뻗어 보기도 하며 철골 뒤를 살폈다. 후나도 고등학교의 바닥은 복도도 교실도 리놀륨이다. 실내화가 찍찍 소리를 냈다. 의외로 피곤하다.

연결 복도를 조사하는 데 생각보다 시간이 많이 걸렸다. 남쪽 동을 훑어보고 터덜터덜 다시 연결 복도를 지나 북쪽 동으로 돌아왔다. 2층 복도에서 찾아볼 곳은 더이상 없다. 3학년이 사용하는 교실 아니면 자물쇠가 잠긴 빈 교실뿐. 어느 쪽이든 별로 가능성은 없을 것 같다. 겐고는 그래도 찾으라고 하려나?

시간이 얼마나 지났는지 마음에 걸렸지만, 하필 오늘은 손목시계를 깜빡 잊고 왔다. 시간을 확인하려고 휴대전화를 꺼내보니 착신 표시가 있었다. 상대는 겐고다. 눈치도 못 챘다. 진동으로 해놨으니까. 급한 용건이 아니어야 할 텐데. 그런 생각을 하며 전화를 걸었다.

일 초도 채 지나지 않아 전화가 연결되었다. 다짜고짜 노성이 튀어나왔다.

"다카다냐!"

발신자 정도는 척 보면 알 수 있지 않나 싶었지만 온화하게 말했다.

"아니, 고바토야, 미안."

노골적인 탄식이 들려왔다.

"뭐야, 조고로냐? 지금 어디야?"

"2층 연결 복도. 2층은 전부 조사했어."

"알았어, 합류할게. 내가 네 쪽으로 갈게. 알겠어? 그 자리에 꼼짝 말고 있어."

뭐야, 묘하게 못을 박네. 꼼짝 말라면 그야 꼼짝 않고말고.

"알았어."

"금방 갈게."

그런 말을 남기고 전화는 끊겼다. 기다리라고 하니 얌전히 기다린다. 오사나이도 지금쯤 계단 앞에서 이렇게 기다리고 있을까?

금방 오겠다던 겐고의 말은 그냥 한 소리가 아니었다. 겐고는 일 분도 지나지 않아 나타났다. 표정이 상당히 험악하다. 무심코 물었다.

"왜, 왜 그래?"

"그냥……. 다카다가 **빨빨**거리는 바람에 못 만나서 그래."

다카다라면 체육복을 입은 수색대 말인가?

"못 만나다니?"

살짝 마음에 걸렸다. 겐고의 호흡도 조금 거칠다.

"조사를 마쳤다는 전화를 받고 지금처럼 합류하려고 했어.

그런데 그 녀석, 만날 장소는 제대로 듣지도 않고 허둥지둥 전화를 끊더라고. 그래서 말한 장소에 가보니 없지, 뭐야. 마침 전화를 했길래 지금 어디냐고 물었더니 3층이었다가 4층이었다가, 서쪽이었다가 동쪽이었다가, 북쪽 동이었다가 남쪽 동이었다가. 계속 끌려다녔다니까."

"아하."

머릿속에 이미지가 떠올랐다. 인형의 집처럼 단면이 보이는 후나도 고등학교 미니어처 건물에서 겐고와 다카다가 갈팡질팡하며 서로를 찾아 두리번거리는 그림이. 그러고 보니 옛날 콩트에서 그런 장면을 본 기억이 있다.

"왜 히죽거려?"

"아아, 아니, 아무것도 아냐. 고생했겠다."

겐고는 콧방귀를 뀌었다.

"그런데 남자애가 한 명 더 있지 않았어?"

그렇게 묻자 겐고는 퉁명스럽게 내뱉었다.

"시모무라는 먼저 돌아갔어. 아까 흩어지자마자."

"아……."

다시 휴대전화 화면의 시간을 보았다. 아차, 슬슬 삼십 분이 다 되어간다. 이제 일손은 필요 없을 테니 나도 돌아가야겠다. 그렇게 말하려고 입을 여는데 겐고가 손을 번쩍 들었

봄철 한정 딸기 타르트 사건

다. 잠깐 기다리라는 뜻인가? 보아하니 전화가 온 모양이다.
부르르 떨리는 폴더형 휴대전화를 열어 전화를 받은 겐고는
아까도 저랬겠구나 싶은 험악한 목소리로 외쳤다.

"다카다, 잘 들어. 거기서 꼼짝 마. 아니, 끊지 좀 마, 멍청
아!"

겐고는 언뜻 단순하고 감정적으로 보이지만 언성을 높이는
일은 별로 없다. 아니, 삼 년 사이에 변했을지도 모르지만 내
가 아는 범위에서는 그렇다. 그런데 이 모양이니, 아무래도
다카다가 어지간히 연락을 무시하고 겐고에게 헛걸음을 시킨
것 같다.

"지금? 연결 복도야. 2층. 조고로…… 고바토하고 합류했
어. 너도……. 뭐? 밖이라고?"

겐고는 그렇게 말하더니 창으로 다가갔다.

덩달아 밖을 바라보니 계단 입구에서 조금 떨어진 곳에 왼
손을 귀에 댄 남자가 이쪽을 향해 오른손을 휘휘 흔들고 있었
다. 여기 있다는 적극적인 호소다. 나 같으면 다른 사람들의
눈길이 있는 곳에서 저런 요란한 행동은 못 할 텐데……. 멍
하니 그런 생각을 했다.

"봤어. 잘 들어, 끊지 마. 북쪽 동 2층 동쪽 계단, 그러니까
아까 요시구치랑 다른 애들하고 만났던 장소로 와. 알겠지?

술래잡기는 이제 끝이다."

전화를 끊은 겐고는 잔뜩 찌푸린 얼굴로 말했다.

"다카다 녀석, 그건 자기가 할 말이라는데?"

우리는 처음 만났던 장소에서 합류했다. 시모무라가 빠졌
지만. 요시구치는 한차례 살펴본 뒤에 계속 여기서 기다렸던
모양이다. 달려온 다카다는 숨을 헐떡거렸고, 체육복 바짓단
도 젖어 있었다. 시간이 마음에 걸렸지만 이제 곧 해산할 테
니 일단 끝까지 자리를 지키기로 했다.

다들 결과를 보고했지만 아무도 보고할 만한 결과가 없다
는 게 유일한 보고 내용이었다. 그래도 수색을 계속하겠다면
그만 빼달라고 부탁해야 할 참인데, 다행히 더이상 찾아봤자
소용없다는 결론에 다다랐다.

겐고는 팔짱을 끼고 불쾌한 기색으로 신음했다.

"이대로 못 찾으면 경찰에 알리는 수밖에 없겠어."

"경찰? 너무 호들갑 떠는 거 아니야? 우선 선생님께……."

다카다가 깜짝 놀라 외쳤다. 겐고는 당연한 도리라는 듯
천천히 말했다.

"후나도 고등학교 학생 지도부가 얼마나 유능한지는 모르
겠지만 십중팔구 헛수고일 거야. ……물건을 도둑맞았어. 어

봄철 한정 딸기 타르트 사건

엿한 절도야. 무조건 법을 따르는 게 훌륭하다고 생각하진 않지만, 여자 가방을 훔치는 놈은 영 마음에 안 들어."

겐고 녀석, 남자 가방을 훔치는 놈도 싫어할 거면서.

굳이 따지자면 나는 이런 겐고의 제안에는 반대였다. 소시민으로서 경찰과 얽히다니 천만의 말씀이다. 하지만 학생 지도부가 가방 하나로 움직이지 않을 것처럼, 경찰도 움직이지 않을 것이다. 그러니 반대하지는 않는다. 어차피 남의 일이라고 말하면 너무 솔직한 표현이지만 뭐, 그런 것이다.

요시구치도 찬성하지 않을 줄 알았다. 요시구치가 내 생각대로 소시민이라면 절대 경찰까지 끌어들여 일을 크게 벌이지는 않을 테니까. 하지만 예상은 빗나갔다.

"응. 나도 피해 신고를 할 작정이었어."

물건을 도둑맞은 원한이 의외로 깊은 모양이다. 요시구치의 동의에 겐고는 고개를 끄덕였다.

"요시구치한테는 미안한 말이지만 경찰은 그까짓 손가방 하나 때문에 조사해주지는 않을 거야."

어라? 그럼 어째서?

"하지만 피해 신고를 했다는 사실이 학교에 알려지면 교사들이 움직이지. 교사들이 움직이면 범인을 몰아세울 수 있어. 신고하려면 서두르는 게 좋아. 내일 하자."

재미있군. 무심결에 한마디했다.

"겐고, 잘 아네."

겐고는 자랑하는 기색도 없이 태연히 대답했다.

"중학교 때 비슷한 일을 했어."

오호라.

나는 괜히 불안했다. 새로운 생활이 시작되자마자 겨우 손가방 하나 때문에 교사까지 끌어들이다니, 내가 원하는 생활 신조에 비추면 악몽이나 다름없다. 나 혼자 빠지려면 빠질 수야 있겠지만……. 어쩐다?

어쨌든 오늘은 상황을 지켜보자. 휴대전화 화면에 뜬 시간을 보니 약속한 삼십 분은 이미 지나버렸다.

3

오사나이는 계단 출입구 앞에 서서 기다리고 있었다. 삼십 분도 넘게.

"미안. 엉뚱한 용건으로 기다리게 해서."

오사나이는 천천히 고개를 저었다.

"괜찮아. 나, 기다리는 건 좋아하니까."

최근 나도 그렇게 되었다. 왜냐하면 기다린다는 건 거의 완벽하게 상대가 주도하는 행동이니까. 그래도 기다리게 하는 건 역시 불편하다. 오사나이가 작은 목소리로 물었다.

"지금이라도 갈래?"

"크레이프 가게 말이지? 가자. 근데 그전에 잠깐 이야기 좀 해도 될까? 궁금한 게 있어."

어리둥절한 얼굴.

"뭔데?"

"음, 차례대로 설명할게."

나는 삼십 분 동안 있었던 일을 순서대로 설명했다.

"으음."

내가 설명을 마치자 오사나이가 몸부림치듯 신음했다.

"왜 그래?"

"나, 도지마가……."

"불편해?"

"아니. 가까이 있으면 피곤할 것 같지만 멀리서라면 관찰하고 싶어."

나는 쓴웃음을 지었다.

"겐고하고 어울리기엔 그게 가장 좋은 방법일지도 모르겠다. 그런데……."

나는 주위를 둘러보고 겐고도, 다카다와 요시구치도 없다는 것을 확인한 뒤에 말했다.

"겐고가 경찰에 신고하기 전에 이 사건을 어떻게든 처리하고 싶어. 문제가 커지는 건 싫어."

"그건 이해하지만…… 고바토 네가?"

"응."

오사나이는 눈을 휘둥그레 떴다.

"타, 탐정이 되겠다고?"

아니, 설마. 나는 세차게 도리질을 쳤다.

"아니. 손가방을 찾아서 요시구치 교실에 몰래 되돌려놓기만 할 거야. 그러면 겉으로 드러나지도 않고 경찰도 끼어들지 않을 테니 별문제 없을 것 같은데."

"……그래?"

오사나이는 석연치 않은 표정이다.

"고바토, 정말 괜찮아? 다섯 명이서 삼십 분이나 찾았는데 안 나왔잖아? 학교 안에 없는 것 아니야?"

글쎄, 그게 문제다. 나는 아까 겐고 일행과 헤어지고 여기로 오는 동안 생각한 가설을 털어놓았다.

"그 점 말인데. 내 생각에 이 사건은 목격자의 증언으로 해결할 수 있어."

"목격자……. 누구?"

"그전에 잠깐 들어봐. 다카다는 일부러 겐고를 여기저기로 불러냈어."

오사나이는 놀라는 기색도 없이 고개를 끄덕였다.

"응."

그래서 뭐냐고 묻는 눈치다.

그리 넓지도 않은 건물에서 겐고와 다카다가 한 편의 콩트처럼 서로 어긋났다는 것은 부자연스럽기 짝이 없다. 애초에 만나자고 하면서 장소도 듣지 않고 전화를 끊는 짓을 두 번 세 번이나 반복했다는 건, 내용도 듣지 않고 심부름 가는 아이보다 더하다. 흥분한 겐고는 미처 눈치채지 못한 모양이지만 다카다는 겐고와 합류할 마음이 없었다고 생각하는 게 자연스럽다.

그리고…….

"이상한 점이 두 가지 있어."

"두 가지? 한 가지 아니고? 도지마를 학교 여기저기로 끌고 다닌 것 말고?"

물론 그것도 있다. 나는 미소를 지으며 끄덕였다.

"또 한 가지는 다카다가 어째서 일부러 밖으로 나가서 손을 흔들었나 하는 점이야. 하교하는 수많은 학생들 틈에서 학교 건물을 향해 손을 붕붕 흔들다니 내 감각으로 보면 조금 이상해."

내가 이상하게 느낄 정도니 오사나이의 감각으로도 이상하게 들릴 터. 하지만 오사나이는 반론했다.

"원래 그런 사람도 있잖아. 몸짓이 요란한 사람."

"그렇긴 해. 그래도 밖으로 나갈 필요는 없었어. 휴대전화로 서로 연락을 취하고 있는데 지금 여기에 있다고 모습을 드러낼 필요가 어디 있어?"

내 말을 들은 오사나이는 생각에 잠겼다. 하교하는 학생들의 대다수가 오순도순 속닥거리는 우리를 호기심 어린 눈으로 쳐다보며 갔다. 자의식 과잉인 줄 알지만 한마디하자면, 우리가 이렇게 둘이 한 세트라고 선전하는 것은 훗날을 위한 포석이다. 그렇지만 역시 조금 민망하다. 나는 오사나이를 끌어당겨 가까운 양호실 앞으로 이동했다.

이윽고 오사나이가 웅얼거리는 목소리로 더듬더듬 중얼거렸다.

"……손을 흔들고 싶었을까? 신발을 신고 싶었을까? 반대로 실내화를 벗고 싶었을까……?"

"난 그렇게 생각하지 않아."

고개를 든 오사나이가 밑에서 나를 올려다보았다.

"고바토는 짐작 가는 구석이 있어?"

나는 뺨을 긁적였다.

"응."

"그래……. 고바토, 역시 추리를 했구나."

오사나이의 목소리는 싸늘했다. 말문이 막혔다. 나는 다소

다급한 심정으로 말했다.

"아니, 그런 게 아니라……."

"흠."

오사나이는 내게서 시선을 뗐다. 나는 괜히 밀려드는 죄책감을 억누르려고 말을 이었다.

"어, 그래서 말인데. 다카다가 밖에 나가서 손을 흔들면 그때까지 자기가 어디에 있었는지 숨길 수 있어."

"……?"

"그러니까……. 왜, 오사나이, 내가 그랬잖아? 다카다하고 겐고 두 사람은 체육복 차림이었다고."

"응. 들었어."

"그리고 바깥은 아까까지 내린 비 때문에 젖어 있었어. 다카다가 만일 지시대로 4층으로 가지 않고 겐고의 눈을 피해 계단 출입구를 지나 밖으로 나갔다면, 그것도 재빨리 어떤 행동을 하려고 달렸다면."

오사나이는 작게 끄덕거렸다.

"그렇구나. 체육복 바짓단이 젖겠네."

"다카다는 나중에 우리를 만났을 때 체육복 바짓단이 젖었다는 사실을 들키면 곤란했던 거야. 젖으면 쉽게 마르지 않아. 그래서 타이밍을 살펴 지금 밖에 나오는 바람에 체육복이 젖었다는 걸 눈앞에서 보여준 거야. 그것 외에는 밖으로 나갈 이유, 나가야만 할 이유가 떠오르지 않아."

나는 뜸을 들였다가 말을 이었다.

"겐고가 전화했을 때 4층에 없었다는 점을 생각하면 다카다가 오랫동안 밖에 있었다는 사실은 거의 확실해. 하지만 만일을 위해 증언이 있다면 좋겠지. 다카다는 밖에서 손을 흔드는 모습을 겐고에게 보여줄 타이밍을 맞추기 위해 계단 출입구 근처에서 기다려야만 했을 거야. 내가 말한 목격자란 그 순간을 본 사람을 말하는 거고."

응응 하고 고개를 끄덕거리던 오사나이가 놀란 표정으로 스스로를 가리켰다.

"어?"

나는 미소를 던졌다.

"그래. 그래서 목격자에게 묻고 싶은 게 있는데…….

계단 앞에서 나를 기다릴 때, 자꾸 휴대전화를 쓰는 체육복 차림의 남학생 못 봤어?"

오사나이는 아무렇지도 않게 대답해주었다.

"있었어. 체육복을 입은 덩치 좋은 애가."

빙고.

"그럼 틀림없어. 본관 주변 어딘가, 아마 지붕이 있는 곳에 요시구치의 손가방을 숨겨두었을 거야."

"겐고는 누가 손가방을 훔쳐갔거나 숨겼을 거라고 했어.
훔쳤다면 이익을 위해서일 테고, 숨겼다면 악의 때문이겠지."
　나는 군데군데 물웅덩이가 생긴 젖은 아스팔트를 밟으며
말했다.

"다카다는 요시구치에게 심술을 부리려고 손가방을 숨긴
거야?"

"그렇다면 아무래도 이해가 안 돼. 악의 때문이라면 손가
방을 꽁꽁 숨길 필요가 없으니까. 쓰레기통에 처박아두면 효
과 만점인데."

"훔친 건 아니지? 훔쳤다면 수색대에 가담하지 않고 재빨
리 집에 가버리면 그만일 테니까."

　아까는 철골이나 냉수기 뒤를 살폈지만 이번에는 지붕 밑
화분과 화단 속을 살펴보았다. 혼자서 하면 눈에 띄는 행동이
라도 둘이서 하면 이유 있는 행동으로 보인다. 그 점이 오사
나이와 행동하는 이점 중 하나다.

"고바토는 어떻게 생각해?"

"응. 나는 절도나 은폐라는 가능성 외에 한 가지 더, '조
작'이라는 걸 추가하고 싶어."

"조작?"

"손가방 안에 뭔가를 넣는 거지. 아니면 손가방 안에서 뭔가를 꺼내거나. 그 작업에 애를 먹는 바람에 손가방을 어중간한 상태로 내버려둘 수 없어 일시적으로 요시구치의 눈앞에서 숨긴 거야. 그걸 조작이라고 표현해봤어."

언젠가는 손가방을 돌려줄 의도가 있다는 뜻이다. 비가 오락가락하는 날씨에 돌려줄 뜻이 있는 손가방을 그냥 방치하지는 않았으리라. 그러니 아마 지붕이 있는 곳에 숨겼을 것이다. 손가방이 언젠가 돌아온다면 우리가 뒤에서 움직일 필요는 없다. 하지만 그 조작에 시간이 걸린다면, 즉 내일 저녁까지 걸린다면 요시구치가 피해 신고서를 제출할 것이다. 그럴 바에야 우리가 찾아내는 게 낫다.

구체적으로 어떤 조작을 했는지는 모르겠다. 짐작 가는 구석은 있지만. 오사나이는 그럴지도 모르겠다고 한마디 중얼거린 뒤로는 말없이 수색에 전념하는 눈치였다.

본관 뒤쪽으로 돌아가보았다.

이곳에는 언뜻 수상해 보이는 건물이 있다. 창고다. "가스 창고 화기 엄금"이라는 표지가 붙어 있다. 입구는 철문으로 꽉 닫혀 있지만 문과 콘크리트 바닥 사이의 틈새가 꽤 벌어져 있었다. 나는 오사나이에게 눈짓을 보내고 다가갔다. 젖은 땅바닥에 닿지 않게 조심하면서 몸을 웅크리자 빙고. 가스통 뒤로 하얀 끈이 보였다. 손을 뻗어 끈을 잡아당기자 자그맣고 빨간 손가방이 딸려 왔다. 쭉 잡아당겨서 오사나이에게 보여주었다.

진심으로 기쁜 얼굴과는 상당히 거리가 멀지만 오사나이는 밝은 표정으로 손뼉을 몇 차례 쳐주었다.

"대단해, 고바토."

얼굴이 뜨거워졌다. 기뻐서 그런 건 아니지만.

웅크린 채로 손가방을 들어올린 내 앞에 자그마한 오사나이도 무릎을 살짝 굽히고 앉아 가방을 뚫어져라 쳐다보았다.

"안을, 볼 거지?"

"그러긴 싫지만. 어떻게 할지 결정하려면 그러는 수밖에."

요시구치, 미안. 마음속으로 사과하면서 나는 가방 안을 들여다보았다.

별것 안 들어 있다더니 막상 보니까 잡다한 물건들이 제법 있었다. 볼펜이 색깔별로 여러 자루, 형광펜도 몇 자루 들어 있다. 뭐에 쓰는지 수첩이 두 권. 물론 속까지 들여다보지는 않았다. 가위가 있다고 해서 신중하게 찾아봤는데, 속에서 나온 가위는 끝이 둥근 게 마치 장난감 같았다. 스티커 사진을 자르기 위한 도구이리라. 립크림에 손거울도 있다.

이리저리 휘젓듯 물건을 헤집자 밑바닥에서 나온 것
은…….

"……이건가?"

봉투였다. 하늘색, 아니, 옥색일까. 받는 사람 쪽에 "요시
구치에게"라고 적혀 있다. 뒤집어보니 거기에는 "다카다 요
이치".

"뭘까?"

이런 게 튀어나올 줄은 생각도 못했다. 사실 나는 도청기
같은 걸 상상했다. 안감을 갈라 도청기를 숨기고 도로 꿰매어
놓는 작업을 상상하고 있었는데 아무리 봐도 평범한 봉투였
다. 햇빛에 비추어 보려 했지만 두터운 구름 때문에 하늘이
어두워 전혀 보이지 않았다.

난처해하는 내게 아랑곳없이 오사나이는 혼자서 끄덕거리
고 있었다.

"흐음……."

뭔가 알아차렸나 싶어 물어보려는데 날카로운 목소리가 들
렸다.

"너!"

깜짝 놀라 돌아본 나는 무심코 중얼거리고 말았다.

"이런, 호랑이도 제 말하면 온다더니."

다카다가 서 있었다. 잔뜩 화가 나 새빨간 얼굴로. 섣불리 자극했다간 주먹을 휘두를 기세다. 오사나이가 내 뒤로 슬그머니 숨었다. 다카다는 내가 손에 쥔 손가방과 봉투를 보더니 증오에 찬 목소리로 외쳤다.

"너, 고바토라고 했지? 남의 가방을 뒤지다니 무슨 속셈이야?"

이거 큰일이다. 자칫하면 폭력 문제로 비화되겠다. 경찰도 싫지만 폭력도 싫다. 하물며 내가 당사자라면 더더욱.

달아날 수도 없는 난처한 상황이다. 달아나면 적대 관계 확정이다. 삼 년에 달하는 고등학교 생활이 이제 막 시작되었는데 벌써부터 적을 만들고 싶지는 않다. 다카다가 내 쪽으로 성큼성큼 다가왔다. 그의 발밑을 본 나는 예상대로 체육복 바짓단이 젖어 있다는 생각을 했다.

나는 쥐고 있던 손가방과 봉투를 빼앗겼다. ……뒤쪽으로. 뒤에서 오사나이가 손을 뻗어 내 손에서 냅다 채간 것이다.

설마 그럴 리는 없겠지만, 다카다는 그제야 오사나이의 존재를 알아차린 것처럼 눈을 휘둥그레 떴다.

"뭐야, 너?"

"……오사나이야. 고바토 친구."

가녀린 목소리로 이름을 밝힌 오사나이에게 다카다는 콧방귀를 뀌었다. 오사나이를 다루기 쉬운 상대로 보았으리라. 발을 내디디려는 다카다를 오사나이가 날카롭게 제지했다.

"움직이지 마!"

다람쥐에게 위협을 받으면 이런 표정을 지을까? 다카다는 황당하다 못해 맥빠진 표정을 지었다. 오사나이는 손가방과 봉투를 가슴에 품고 말했다.

"만약 더이상 다가오면……."

다가오면?

"달려서 도망칠 거야. 사람들 있는 곳까지 도망가서 요시구치를 찾아 이걸 건네줄 거야. 그래도 돼?"

"……."

다카다는 침묵했다. 달리기로야 다카다가 빠르겠지만 아무리 그래도 오사나이에게서 억지로 손가방을 빼앗기는 꺼림칙할 것이다. 물론, 정말로 오사나이가 달아난다면 내가 다카다를 방해할 테지만. 우리는 그런 약속을 나누었으니 부득이한 일이다. 그러니까 오사나이, 제발 달아나지 마.

잠시 눈씨름.

최선책을 찾던 다카다가 이윽고 체념한 듯 한숨을 쉬었다.

"알았어. 내가 잘못했어."

오사나이가 몸에서 힘을 빼는 게 느껴졌다. 한숨을 돌렸다. 오사나이가 어떻게 나오는지 지켜보고 있으려니 제 발로 다카다에게 다가가 손안의 물건을 둘 다 내밀었다.

"어?"

놀란 것은 다카다였다. 믿을 수 없다는 듯이 받아든 물건과 우리를 번갈아 쳐다보았다. 오사나이는 다카다에게 봉투와 손가방을 건네더니 내 뒤에 몸을 반쯤 숨겼다. 그리고 나를 방패로 삼으며 들릴락 말락 한 목소리로 다카다에게 말했다.

"그거 연애편지지? 요시구치한테 직접 건넬 용기가 없어서 손가방 안에 넣은 거지? 하지만 역시 이건 아니다 싶어 후회하고 도로 꺼내려 했는데 누가 교실에 들어와서 손가방째로 숨기게 된 거지?"

다카다가 움찔 몸을 굳히는 게 보였다. 그래서 나도 오사나이의 추측이 정곡을 찔렀다는 사실을 알게 되었다.

다카다는 요시구치가 보지 않을 때 연애편지를 손가방에 넣었던 것이다. 요시구치에게 건넬 요량으로. 하지만 금방 후회했다. 신사적이지 않은 일이다. 보통은 누가 자기 가방에 멋대로 물건을 넣어두면 화가 날 뿐이다. 고백이 문제가 아니다. 그 사실을 깨닫고 편지를 회수하려 했지만 어수선한 손가방 안에서 봉투를 꺼내는 데 애를 먹었고, 다급한 나머지

임시로 어딘가에 손가방을 숨겨버렸다. 그리고 방과후, 겐고가 이끄는 수색대의 눈을 속이기 위해 자발적으로 수색대에 참가해 학교 건물 밖에 다시 숨겼다. 그렇게 된 것이다.

저 봉투가 연애편지가 아닐 가능성도 있기는 하다. 그래도 벌어질 일은 마찬가지다. 하지만 본인의 태도가 진실을 말하고 있다.

오사나이는 자그마한 몸에서 목소리를 쥐어짜내 거듭 다카다를 몰아세웠다.

"그런 사람한테 손가방 안을 봤다고 고바토를 탓할 자격은 없어."

또 화를 낼 줄 알았는데 다카다는 몸에서 힘을 쭉 뺐다. 그런 분위기를 감지한 나도 힘이 빠졌다. 다카다는 쓸쓸하게 웃었다.

"그래. 내가 생각해도 어리석은 짓이었어. 마가 꼈던 거야……."

"알면 됐어. 그럼 우린 이만."

그렇게 말한 오사나이는 내 교복 소매를 잡아당겨 뒤로 물러났다. 그럭저럭 자연스럽게 빠져나갈 수 있을 것 같아 나도 마음이 놓였다. 걸음을 돌리려는 찰나 다카다가 처량한 목소리로 물었다.

"하지만 너희라면 이해하겠지? 서로 좋아하는 사이잖아. 내가 어떤 마음으로 이걸 가방 안에 넣었는지 알겠지?"

우리는 얼굴을 마주보았다.

……뭐, 세상에는 방편이라는 말이 있다. 우리는 미리 짠 것처럼 동시에 고개를 끄덕이고는 이번에야말로 걸음을 돌려 재빨리 그 자리에서 벗어났다.

새로 문을 연 가게의 크레이프는 내 입에는 조금 달았다. 아직 절반 이상 남은 초코 바나나 크레이프를 끼적거리고 있으려니 오사나이가 말을 걸었다.

"그런데 고바토, 손가방을 찾을 때 다카다는 자기가 찾았다면서 손가방을 가져다줄 수도 있었잖아. 어째서 나중에 몰래 돌려주려고 고집을 부렸을까?"

오사나이는 사과잼 크레이프를 이미 다 먹어치운 상태였다. 놀라운 식욕이다. 나는 내 크레이프의 생크림을 조금 핥아먹으며 말했다.

"오사나이였다면 그랬을까?"

오사나이는 잠시 나를 비스듬히 올려다보더니 살그머니 웃었다.

"못 했을 것 같아. 너무 뻔뻔하잖아. ……도둑이 매를 드는 꼴이라고 해야 하나."

"다카다는 방과후에 건물 안에서 밖으로 손가방을 옮길 때 편지를 회수할 수도 있었을 거야. 그 자리에서는 서둘러 회수할 필요가 없었다 해도, 그걸 잊을 정도였으니 자기가 범인이란 걸 들켜선 안 된다는 마음이 앞섰던 것 아닐까?"

어쨌든 겐고가 너무 의욕이 넘쳤으니까. 나는 버럭버럭 화를 내던 겐고의 모습을 떠올리며 피식 웃었다.

내일이 와도 요시구치가 경찰에 신고할 일은 없다. 다카다는 오늘 안에 손가방을 요시구치의 사물함에 돌려놓을 것이다. 이미 내게는 상관없는 일이지만, 적어도 그 성공만큼은 빌어주고 싶다. 고등학교 생활은 이제 시작이다. 그에게도 조만간 다른 기회가 찾아올 것이다.

전자음. 내 휴대전화에 문자가 들어왔다. 발신자는 겐고.

손가방 찾았어. 범인은 못 찾았다.

그거 다행이다. 일이 작은 문제로 끝나서 정말 다행이다. 나는 휴대전화 전원을 껐다.

크레이프를 먼저 다 먹어치워 심심했는지 오사나이가 창문 밖 거리를 바라보며 중얼거렸다.

"있지, 고바토. ……넌 이해할 수 있어? 건네려던 연애편지를, 기회가 생겼다고 무심코 상대의 소지품에 몰래 넣어버리는 심리."

"……."

나는 오사나이의 말을 들으며 이 크레이프는 역시 너무 달다는 생각밖에 하지 않았다.

"우리라면 이해할 거라고 했지만……."

그만두자. 오사나이에게는 미안하지만 내게는 벅차다. 초코 바나나 크레이프를 쟁반에 도로 얹어놓고 나는 한숨을 쉬었다.

"모르겠어. 나한테는 인연이 없는 상황이라."

뭐, 우리가 그걸 이해하고 싶다고 생각한다면 조만간 이해할 날이 올지도 모른다. 하지만 지금 현재는 굳이 따지자면, 아무래도 상관없다. 오사나이도 내가 평범한 속도로 크레이프를 먹었다면 이런 이야기는 꺼내지 않았으리라.

거리에 노을이 드리웠다.

"그렇지……. 나도 그래."

창밖을 바라보는 오사나이를 붉은 노을빛이 감쌌다.

The Special
Strawberry Tart
Case

For your eyes only

1

지금이 최고다 싶은 순간이 있다. 기나긴 인생에서 몇 번이나 찾아올 정점 중 하나가 아니라 정말 단 한 번뿐인 순간이. 우리는 그 순간을 동경하고, 그 순간을 단 한 번이라도 보고자 간절히 원한다. 왜냐하면 그 순간을 스스로 끌어내지 못하기 때문에. 그저 누가 만들어주기를 기다릴 수밖에 없기 때문이다.

그런 순간은 그리 흔히 생기지 않는다. 그래서 우리는 또다시 어쩔 수 없이 보상 행위로 자신을 위로한다. '지금만'이나 '여기서만', '이것만'이라는 한정에 거듭 이끌리는 것도 불가피한 일이라 할 수 있겠다. 하물며 '당신에게만'이라고 하면, 몇 번을 들어도 대단히 강력한 유혹이 될 수밖에 없다.

그러니 "For your eyes only! 당신에게만 살짝 보여드립니다"라는 문자를 느닷없이 받으면, 게다가 그 휴대전화의 주인이 한창 혈기왕성한 고등학교 1학년이라면, 분명 그다음을 열심히 읽어내려갈 것이다. 그것은 미적 영감에 대한 동경에서 발생한 극히 고상한 반응이다.

그렇게 설명하려다가 제대로 말을 정리하지 못하고 어물거리는 사이에 오사나이는 뺨을 붉히며 중얼거렸다.

"고바토도 그런 문자, 읽는구나."

이어서 이런 말도.

"……난 신경 안 써."

남의 휴대전화를 뒤에서 엿보다니 고약한 취미지만, 오사나이가 내 뒤에 서는 건 늘 있는 일이라, 휴대전화 화면이 눈에 들어오는 일도 있을 것이다. 요컨대 그런 스팸 문자를 읽으며 벽을 등지지 않은 내가 부주의했던 것이다.

오사나이는 어떻게든 반박하려는 내게서 타다닥 몇 걸음 떨어지더니 발그레한 뺨으로 이탈리아요리책을 읽기 시작했다.

입학한 지 한 달. 아직 나도 오사나이도 동아리에는 들지 않았다. 수업이 끝나면 집으로 돌아가는 일뿐이다.

하굣길에 커다란 서점이 있다. 안은 넓은데 어디서나 찾아

봄철 한정 딸기 타르트 사건

볼 수 있는 책밖에 없어 재미가 조금 떨어지는 가게지만 어쩐지 하굣길에 꼭 들르게 된다. 방과후에 오사나이와 나란히 이곳에서 잠깐 책을 훑어보는 게 새로운 습관으로 자리잡고 있었다.

오사나이는 나를 애써 무시하려는 속셈이 빤히 보이는 태도로 이탈리아요리책에 뜨거운 시선을 보내고 있었다. 나는 한숨을 쉬고 휴대전화를 접은 뒤 적당히 잡지를 골랐다. '봄의 교토·가벼운 여행'이라는 제목이 붙은 책이 있었다. 가벼운 여행이라는 표현이 마음에 들어 손에 들고 펼쳐보았다. 선명한 교토의 채소 사진에 허허 이거 맛있겠구나, 하고 감탄하고 있으려니 바로 뒤에서 작은 목소리가 들렸다.

"하지만 그런 건 비싸지 않아?"

뒤를 돌아보니 고개를 숙인 오사나이가 서 있었다. 방금 전까지 저쪽에서 요리책을 보고 있었는데. ……아니지, 기척을 느끼지 못했다고 동요해서는 오사나이 곁에 있을 수 없다. 나는 웃으며 대답했다.

"괜찮아, 이상한 건 클릭하지 않으니까."

"이상한 거라니……?"

오사나이가 또다시 멀찍이 떨어졌다. 이번에는 종이에 얼굴을 파묻을 기세로 케이크 요리책을 읽기 시작했다. 그 모습을 곁눈질로 살피며 페이지를 펼치자 도리이*가 맞거울에 비친 것처럼 쭉 늘어선 사진이 나왔다. 이게 후시미이나리 신사인가, 하고 정신이 팔린 사이에 또다시 오사나이에게 등뒤를 빼앗겼다.

"있지, 고바토."

왜 굳이 뒤에 서는 걸까. 옆도 있는데.

"아까 문자 말이야."

신경 안 쓴다고 했으면서. 욕망을 자극하는 스팸 문자를 읽어버린 게 그토록 규탄받아야 할 죄인가? 불편한 마음에 가게 안을 둘러보았다. 어디 도망칠 구멍이 없을까?

"앗!"

평소 행실에는 자신이 없지만 오늘은 운이 좋았다. 쭉 늘어선 낮은 책장 끝, 가게 반대편 벽 쪽에서 낯익은 얼굴을 발견한 것이다. 만화 코너를 지긋이 노려보고 있는 저 사람은……

"아아, 겐고잖아? 잠깐 인사하고 올까."

나는 어색한 연극 대사 같은 소리를 하면서, 또 문자 얘기를 꺼낼 것 같은 오사나이를 못 본 척하고 겐고에게 다가갔다.

---

* 두 개의 기둥 위에 가로대를 얹어 신사神社의 신역을 상징하는 문.

　　　　　　　　　　봄철 한정 딸기 타르트 사건

금세 나를 알아본 겐고는 어째선지 빨리 오라는 듯이 손짓을 했다. 용건도 없는데 겐고가 내게 반가운 표정을 짓다니 이상한 일이다. 겐고가 만화 코너에 있는 것도 이상했다. 내가 아는 한 겐고는 만화책을 읽지 않는다.

겐고는 팔짱을 끼고 눈살을 약간 찌푸리고 있었다. 무슨 용건일까 하며 가볍게 말을 걸었다.

"야, 서점에서 다 만나고 이게 웬일이야? 뭐 찾는 거라도 있어?"

겐고는 나를 힐끔 흘겨보더니 굵은 목소리로 말했다.

"그래. 뭘 찾는지 나도 모르지만. 너, 머리 하나는 좋지?"

"뭐야, 뜬금없이."

어이없다. 하지만 겐고는 아랑곳하지 않았다.

"괜찮은 만화책 있으면 추천 좀 해줘."

허. 픽션에는 거의 관심을 갖지 않는 고지식한 성격인 줄 알았는데 만화책이라도 읽을 마음이 생긴 건가? 겨우 그런 일로 저렇게 뚱한 표정을 짓다니 유별나기는. 너무 쉬운 부탁이라 김이 샜지만 나는 웃으며 승낙했다.

"그래, 좋아."

특별히 만화에 박식한 건 아니지만 적당히 추천작을 골라줄 수는 있다. 처음부터 상상력이 풍부한 작품이나 성도착적인 작품은 좋지 않겠지. 역시 스포츠 만화가 무난할까. 손에 잡히는 책을 한 권 뽑았다. 딱히 눈에 띄는 구석은 없지만 읽기 쉽고 권수가 적어서 사는 데 부담이 없는 책이다.

겐고는 내가 손에 든 만화책을 보더니 고개를 갸웃거렸다.

"조고로. 그건 훌륭해?"

"그림이 훌륭한 작품을 찾는 거야?"

"……그런 셈이 되나."

"그런 셈이라니, 답답하네."

"그러니까 말했잖아. 뭘 찾는지 모르겠다고."

그래서야 나도 모르지. 하지만 그림이 훌륭한 작품이라면……. 청년 만화 선반을 뒤져 두 권 정도 뽑아 왔다. 덤으로 순정 만화에서도 한 권.

"이 정도면 어때?"

"흐음."

유난히 진지한 표정으로 만화책을 받아든 겐고는 끙끙거렸다. 읽을 생각이라면 엉뚱한 내용도 섞여 있다고 말해주려는 찰나에 겐고가 깊숙이 고개를 숙였다.

"그렇군. 아까 그 책보다는 솜씨가 정교해 보이네."

"표지만 정교한 책도 있지만."

"그럼 넌 그림도 볼 줄 알아?"

뭐?

"그림? 그렇게 말하는 걸 보니 만화가 아니라 예술로서의 그림을 말하는 거야?"

"그래."

"멍……."

멍청아, 라는 말을 꾹 집어삼켰다.

"……그림을 잘 그리는 만화가를 아는 것과 예술적인 그림을 볼 줄 아는 심미안은 별로 상관이 없어."

"그래?"

"난 인상파를 좋아하지만."

그 말인즉슨 나는 그 정도 소시민적인 눈밖에 갖추지 못했다는 농담이었다. 하지만 겐고는 흥미롭다는 듯이 말했다.

"허, 그런 걸 좋아한다면 나보다는 훨씬 낫겠네."

……뭐, 그런 비교 문제라면 확실히 낫겠지만. 겐고는 잠시 고민하다가 말했다.

"그림 문제로 한 가지 모를 일이 있어. 지혜 좀 빌려줘."

"지혜라."

나는 요리책 코너로 흘깃 시선을 던졌다. 케이크 요리책을 한손에 들고 이쪽을 살피던 오사나이와 눈이 마주쳤다.

"빌려줄 만한 지혜는 없어. 일손이라면 얼마든지 빌려주겠지만."

"비쩍 마른 네 팔은 도움이 안 돼. 어쨌든 실제 그림을 좀 봐줘. 자세한 건 그때 설명할게."

비쩍 마른 팔이라니 말본새하고는. 이래 봬도 체력장을 하면 대부분의 항목에서 평균치에는 들어간다. 그야 겐고에 비하면 말랐지만.

어쨌든 미술 감상이라는 단어와 거의 인연이 없는 겐고가 무엇을 시작했는지 궁금하기는 했다. 지혜를 빌려주고 말고는 사정을 들은 뒤에 정해도 늦지 않다.

"그래, 좋아."

겐고는 고개를 끄덕였다. 그림이 학교에 있다고 해서 내일 방과후 문자로 연락을 주기로 했다. 만화책에는 더이상 관심이 없는지 겐고는 성큼성큼 걸어갔다. 꺼내 온 만화책 세 권을 도로 꽂아두는 건 내 몫이 되었다.

그나저나 오사나이는 어쩌고 있지. 요리책 코너를 다시 보니 그 자리에 없었다. 몸집이 작아서 금방 놓친다고 생각하며 걸음을 돌리자 딱 하고 묘한 소리가 났다.

"아."

손에 들고 있던 만화책이 뒤에 서 있던 오사나이의 이마에 정확하게 명중했다. 뒤로 넘어간 오사나이는 두어 걸음 비척

거리다가 이마를 손으로 문지르며 말없이 나를 쳐다보았다.

"……."

"위험하니까 앞으로는 뒤에 서지 마."

"……그것뿐?"

"미안."

오사나이는 작게 고개를 끄덕였다.

"그래서 무슨 용건이야?"

그렇게 묻자 부딪히는 바람에 깜빡했다는 듯이 오사나이는 빨개진 이마를 또 문지르다가 화들짝 고개를 들었다.

"있지, 아까 그 일 때문에."

"아까……?"

"'당신에게만 살짝 보여드립니다' 말이야."

아직도 신경쓰고 있잖아!

저도 모르게 움츠러들었지만 오사나이는 힘차게 고개를 저었다.

"아니야, 문자 내용 말고 '당신에게만' 때문에 생각났어."

"뭐가……?"

쭈뼛쭈뼛 물었다. 그러자 오사나이는 생긋 웃었다.

"실은 앨리스의 봄철 한정 딸기 타르트가 오늘까지거든."

"아하."

"고바토, 같이 가줄래?"

불러주셔서 영광이지만, 그 이유는 절절할 정도로 잘 안다. 물어봤자 서글퍼지기만 할 줄 알면서도 나는 묻고 말았다.

"그 타르트 한 사람당 한 개만 살 수 있구나?"

"응!"

오사나이가 묘하게 밝은 목소리로 대답했다.

우리가 들른 서점에서 앨리스까지는 약간 거리가 있다. 오사나이는 자전거니까 괜찮지만 걸어가야 하는 내게는 조금 멀다. 의논한 끝에 오사나이의 자전거 안장을 높여 함께 타고 가기로 했다. 오사나이의 메탈릭실버 컬러 자전거는 안장 높낮이를 자유롭게 조절할 수 있다. 몸집이 작아서 다리도 짧은 오사나이가 평소 타는 자전거라 걱정했는데 그럭저럭 탈 수 있었다.

물어본 적은 없지만 오사나이의 체중은 어쩌면 사십 킬로그램도 안 될지 모른다. 둘이서 탔는데도 페달이 가볍다. 뒤쪽 짐받이에 옆으로 앉은 오사나이는 떨어지지 않으려고 내 몸통이 아니라 목에 한쪽 팔을 둘렀다. 조금 괴롭다.

확성기에서 흘러나온 목소리가 멀리에서 다가왔다. 시민이 살기 좋은 도시를 만들겠습니다, 밝은 미래를 열어나가겠습니다, 주절주절. 감사합니다, 감사합니다. 시의원 선거 선전 차량이다. 법적 무능력자인 우리와는 아무 상관 없다. 엉금엉금 기어가는 선전 차량 때문에 뒤따라오는 자동차들이 쭉 밀려 있었다. 저 사람들은 저 후보에게 투표하지 않을 것 같다.

앨리스에는 전에도 몇 번 가보았다. 오피스텔 1층에 있는 자그마한 케이크 가게다. 케이크 가게에 혼자 들어가는 취미는 없으니 매번 오사나이와 함께 갔다는 소리다. 길은 기억하고 있었다. 쭉 늘어선 주택가 저편에 널찍이 펼쳐진 야구용 백네트가 보인다. 미나카미 고등학교의 운동장인데 이정표로 안성맞춤이다. 앨리스는 미나카미 고등학교와 가깝다.

인도를 달리는데 자동차 학원 차량이 몇 번 지나갔다. 앨리스가 있는 건물은 기라 서부 자동차 학원 대각선 방향에 있다. 가다 보니 젊은 여성이 무서우리만치 진지한 눈으로 도로 주행 연습을 하는 차량과 나란히 달리게 되었다. 우리 자전거가 앨리스 주차장에 들어가자 그 차량도 자동차 학원으로 들어갔다.

오사나이는 짐받이에서 폴짝 뛰어내리자마자 치마를 매만졌다. 나는 자전거에 자물쇠를 걸었다. 가게 유리문 너머로 들여다보니 오사나이가 줄곧 기대했던 봄철 한정 딸기 타르트를 먹을 수 있는 마지막날치고는 손님이 적었다.

"가자."

나를 부른 오사나이는 경쾌한 발걸음으로 앨리스에 들어갔다. 정말이지, 달콤한 음식이 걸려 있을 때만 즐거워 보인다. 쓴웃음을 지으며 뒤를 따랐다. 유리문을 당겨 가게로 들어간 순간, 스펀지케이크를 굽는 건지 설탕을 녹이는 건지 과일을 졸이는 건지 모를 달착지근한 향기가 우리를 감쌌다. 케이크는 딱히 좋아하지 않지만 이 향기를 맡으면 기분이 좋다.

"봄철 한정 딸기 타르트 주세요."

오사나이는 쇼윈도에 진열된 깜찍한 크기의 다른 케이크에는 눈길도 주지 않고 평소 들을 수 없는 활기찬 목소리로 말하더니 나를 흘깃 돌아보았다.

"아아, 저기……. 저도 주세요."

여자 점원이 가게에 감도는 향기처럼 달콤하게 웃었다.

"다행이네요. 마지막 남은 두 개랍니다."

세상에. 큰일날 뻔했다. 들뜬 얼굴로 기다리는 오사나이에게 귓속말을 했다.

"아슬아슬했네."

"응."

오사나이가 손짓을 하기에 무릎을 살짝 굽히자 귓속말이

돌아왔다.

"그 문자 덕분이야."

진실로 행운은 어디에서 굴러다니는지 모를 일이다.

봄철 한정 딸기 타르트는 상자에 담겨 있었다. 이래서는 일반 딸기 타르트와 어떻게 다른지 알 재간이 없다. 상자를 두 개 겹쳐 들고 흐뭇해하는 오사나이에게 봄철 한정이 일반 타르트랑 어디가 다른지 물어보니 이런 대답이 돌아왔다.

"매년 다르니까 몰라. 올해만 맛볼 수 있는 맛이야. 설레어……."

나는 최근, 아니, 태어난 이래로 저토록 뭔가를 기대하는 표정을 지어본 적이 있었던가? 무심결에 내 지난날을 되돌아보았다. 오사나이는 보물이라도 담듯이 상자 두 개를 자전거 바구니에 넣었다. 아무리 애써도 타르트가 기울었지만 이것만큼은 어쩔 수가 없다. 돌아갈 때는 최대한 얌전히 페달을 밟아야겠다.

건물 1층에는 앨리스 말고 편의점도 있었다. 그걸 발견한 오사나이가 우유도 사겠다고 했다. 나도 설렁설렁 따라갔다. 누구와 달리 뒤에 찰싹 들러붙는 취미는 없으므로 잡지 코너로 발길을 돌렸다. 케이크 가게와 달리 편의점은 주로 미나카미 고등학교 학생들로 북적거렸다. 계산대에도 몇 명이 줄을

서 있다. 우유 하나 사는 데도 시간이 조금 걸릴 것 같았다.

편의점 잡지 코너에 관심을 끄는 서적은 없었다. 어쩔 수 없이 만화 잡지를 손에 들었다. 만화책을 보니 연상 작용으로 겐고의 용건은 뭘까 잠시 신경쓰였지만 내일이 되면 자연히 알 일이다.

유선방송으로 유행가가 흘러나왔다. 만화책을 팔락팔락 넘겼다. 빨리 읽는 게 아니라, 읽지 않는 것이다. 종이를 넘기며 놀고 있는 셈이다.

그때 가게 밖이 묘하게 웅성웅성거리는 것을 깨달았다. 고개를 들자 유리 바로 너머에 다섯 명쯤 되는 패거리가 모여 있었다. 모두 미나카미 고등학교 교복을 입고 있다. ……흠. 별로 질이 좋아 보이지 않았다. 조심하는 게 좋을까. 녀석들에게 의식을 쏟으니 대화가 들려왔다.

패거리에 딱 한 명, 곱상한 남자가 있었다. 미남까지는 아니지만 모나지 않은 생김새에 체격도 늘씬하다. 렌즈가 작은 안경을 쓰고 있었다. 그 남자가 호령을 했다.

"야, 슬슬 가자."

뭐야, 벌써 가나. 걱정할 필요는 없었네. 그렇게 생각하는데 패거리 중 두 명이 내 쪽으로 다가왔다. 그들은 편의점 안에 있는 내가 자신들의 코앞에 있다는 사실을 깨닫지 못한 듯했다. 하물며 내가 만화책을 읽는 시늉을 하며 그들의 이야기를 엿듣고 있을 줄은 전혀 몰랐을 것이다. 둘 중 한 명은 '불량배'를 몸으로 표현한 것처럼 흐트러진 교복과 불안한 시선이 묘하게 패거리 안에서의 낮은 지위를 상상하게 만들었다. 나머지 한쪽은 퉁퉁한 체격에 깎다 만 수염이 군데군데 남아 있었다. 전자가 후자에게 변명 어린 말투로 말을 꺼냈다.

"죄송합니다, 선배. 전 좀 어려운데요."

"엉?"

퉁퉁한 쪽이 눈썹을 찌푸렸다.

"어렵다니 무슨 소리야. 시간 비워두라는 말 못 들었어?"

"아니, 다른 약속이 있는 게 아니고 거기까지 갈 수단이 없어서."

"수단? 자전거는 어쨌어? 가지러 간다고 했잖아."

지위가 낮아 보이는 쪽이 고개만 움직여 사과하는 시늉을 반복했다.

"도둑맞았어요."

"너 등신이냐?"

불쌍하게도……. 자전거가 없다면 방금 나하고 오사나이가 한 것처럼 둘이 함께 타면 안 되나.

퉁퉁한 쪽이 나머지 패거리 세 명을 돌아보더니 귀를 쫑긋

세울 필요도 없을 만큼 큰 목소리로 말했다.

"선배! 사카가미 녀석, 자전거 도둑맞았다는데요!"

곱상하게 생긴 남자가 사카가미라고 불린 남자를 싸늘한 눈초리로 보았다. 사카가미는 입도 벙긋 않고 다른 사람들의 시선을 피해 엉뚱한 쪽을 바라보고 있었다.

"사카가미."

"아, 예."

"네가 알아서 해결해. 장소는 알고 있겠지? 십 분 안에 와라."

뒤에 태워주면 될 텐데. 한심한 졸개까지 돌봐주기는 싫을지도 모르지만.

결국 패거리는 사카가미를 남겨두고 누구는 자전거, 누구는 스쿠터, 또 누구는 오토바이를 타고 떠나버렸다. 사카가미는 고개를 떨구고 있다가 아스팔트를 박차더니 종종걸음으로 내 시야에서 사라졌다.

뒤쪽에서 기척을 느낀 나는 고개를 돌리며 물었다.

"우유는 샀어, 오사나이?"

예상대로 거기에 있던 오사나이는 조금 놀란 듯 눈을 휘둥그레 떴다. 겨우 한 시간 사이에 그렇게 몇 번이나 놀랄 수는 없지. 오사나이는 대답은 않고 우유팩이 든 비닐봉지를 내게 보여주었다.

"그럼 갈까?"

오사나이는 작게 고개를 끄덕이고 타르트 타르트 타르트으하는 괴상한 노래를 흥얼거리며 편의점에서 나가려 했다.

바로 그때.

메탈릭실버 자전거가 엄청난 속도로 우리 눈앞을 가로질렀다.

앞바구니에는 납작한 흰색 상자가 두 개.

누가 더 빨리 상황을 파악했는지는 모르겠다. 오사나이는 눈을 동그랗게 뜨고 입을 헤벌린 채 얼어붙었다. 행동은 분명 내가 더 빨랐다. 달려가면서 외쳤다.

"도둑이야!"

사카가미는 우리를 돌아보지도 않고 힘껏 페달을 밟아 점점 속도를 높이더니 눈 깜짝할 새에 모퉁이를 돌아 시야에서 사라졌다. 쫓아가려고 해도 방법이 없다. 주변을 살펴보니 짓부수었는지 자물쇠가 주차장에 굴러다니고 있었다. 설마, 이렇게, 대낮에 당당하게……

쭈뼛쭈뼛 편의점 문 쪽을 돌아보았다. 내 고함소리에 이끌린 구경꾼들이 몇 명. 그리고 우유가 담긴 비닐봉지를 든 채로 입을 헤벌리고 눈의 초점을 잃은 오사나이가 있었다.

2

자전거를 도둑맞은 것과 봄철 한정 타르트를 먹지 못한 것, 어느 쪽이 오사나이에게 더 큰 충격을 주었는지는 모르겠다. 자전거는 새로 살 수 있지만 딸기 타르트는 올봄에만 맛볼 수 있는 한정품이고, 딸기 타르트는 두 개에 삼천 엔도 안 되지만 자전거는 최소 세 배는 비싸다. 망연자실한 오사나이는 내가 손을 잡아끌 때까지 꼼짝도 않았고, 도중에 우유가 든 비닐봉지를 떨어뜨리기까지 했다. 이름을 불러보고 위로를 해봐도 반응이 없었다.

다음날, 쉬는 시간에 틈틈이 문자를 보내보았지만 오사나이에게 답장은 오지 않았다. 가만히 내버려두는 게 나을까 고민하는 사이 수업이 끝났다. 방과후 곧바로 문자를 받았다.

예정대로 데리러 가마.

발신인이 겐고인 것을 보고 그제야 겐고와 약속한 사실을 기억해냈다.

뭐, 오사나이 일은 잠시 잊자. 아무리 그래도 딸기 타르트와 자전거 정도로 세상을 등지진 않겠지. 새로운 마음으로 겐고를 기다렸다. 문자를 받은 지 이삼 분 만에 겐고가 나타났다. 손에 무지 노트를 들고 있다. 그 안에 그림이 있나 했더니 아니라고 했다.

"그럼 어디로 가면 돼? 그림이라고 했으니 미술실?"

"정답."

메모할 필요가 있다면 애용하는 하얀 바인더 노트를 가져올까도 생각했지만 겐고도 노트를 갖고 있으니 그쪽에 맡기기로 했다.

1학년 교실은 북쪽 동 4층에 몰려 있다. 한편 미술실은 남쪽 동 4층. 두 건물을 연결하는 복도는 2층 높이라, 일단 3층으로 내려가 연결 복도 건물의 옥상을 통해 건너갔다.

"그건 그렇고, 참 이상한데."

나는 태평하게 계단을 내려가면서 물었다.

"인상파라는 말도 모르는 겐고 네가 어쩌다 그림 문제에 얽히게 된 거야?"

"누가 모른다는 거야? 용어는 알고 있고, 어떤 걸 그렇게 부르는지도 알아. 내 눈엔 엉터리 그림으로만 보이지만."

"그래서?"

"문과 동아리를 몇 개 모아서 소개하게 되었어. 미술부에도 인터뷰를 하러 갔는데, 그때 무슨 이야기가 나왔거든. 재미있어 보이면 크게 다루자고 했어."

나는 고개를 갸웃거렸다.

"소개? 어디에?"

겐고는 어이없다는 듯 나를 보았지만 바로 이해했다는 표정을 지었다.

"그런가. 내가 말을 안 했구나. 나 신문부에 들어갔어. 거기 기사로 동아리를 소개할 거야."

허, 신문부.

신문부라는 말에서 저널리스트가 연상되고, 저널리스트라고 하니 폭넓은 지적 호기심이 있기를 바라면서도, 겐고에게 그런 건 별로 없었다는 것을 떠올렸다.

"뭐야, 그 표정은?"

"아니."

뭐, 신문부 부원과 저널리스트는 서로 다른 직종이고 저널리스트와 지적 호기심을 짝지은 것도 자유분방한 내 상상일

봄철 한정 딸기 타르트 사건

뿐이니 굳이 입에 담지는 않겠다.

"그나저나 굳이 너한테 미술부 취재를 맡긴 이유가 뭐야? 우리 학교에는 검도부나 유도부도 있잖아?"

겐고는 아아, 하고 고개를 끄덕였다.

"맞는 말이긴 한데, 선배한테 부탁을 받았거든. 신세를 진 적이 있어서 거절 못 했어."

어련하실까.

분명, 신세를 졌다면 겐고는 거절하지 못했을 것이다.

미술실 앞까지 갔다. 녹색 펠트천이 붙은 게시판이 복도 벽에 걸려 있고 미술실답게 그림도 몇 점 걸려 있었다. 캔버스에 그린 그림은 게시판에는 붙일 수 없으므로 액자에 들어 있었다. 노크를 할 줄 알았더니 겐고는 곧장 미닫이문을 열었다.

"안녕하세요."

가볍게 인사를 하며 실내로 들어갔다. 미술실이니 분명 캔버스에 청춘을 불태우는 부원들이 둥글게 둘러앉아 중앙의 토르소 따위를 그리고 있을 거라 생각했던 예상은 그리 빗나가지 않았다. 다만 부원이 둥글게 둘러앉을 정도로 많지 않다는 점과, 그리고 있는 주제도 저마다 다르다는 점은 오산이었다.

"안녕하세요, 가쓰베 선배. 저 왔어요."

가쓰베라는 선배는 캔버스는 거들떠보지도 않고 책을 읽고 있던 여학생이었다. 부드러운 이목구비의 동그란 얼굴은 미술이라는 단어에서 자연히 연상되는 까다로운 이미지와는 거리가 있었다. 가슴께에 달린 교표를 보니 3학년이다. 가쓰베 선배는 겐고를 보더니 환한 표정을 지었다.

　"아아, 기다렸어. 뒤쪽 친구도 신문부야?"

　"아니, 친구예요. 전 아무래도 예술하고는 인연이 없어서 도움을 청했어요."

　글쎄, 예술에 인연이 없는 중생이 하나에서 둘로 늘었다고 과연 뾰족한 수가 생길까. 일단 사정이나 들어보자. 심미안이 아니라 지혜가 필요한 거라면 조금은 도움이 될지도 모른다.

　가쓰베 선배는 교실을 휘 둘러보았다. 거의 모두 손놀림을 멈추고 의자에 앉은 채로 우리를 쳐다보고 있었다. 일심불란하게 붓을 놀리는 사람은 없었다. 여기서 이야기를 나누어도 방해가 되지 않는다고 판단했는지 가쓰베 선배는 우리를 안뜰 쪽으로 난 창가로 불러 적당히 의자를 권하고는 잠깐 기다리라며 준비실로 사라졌다.

　금방 돌아온 가쓰베 선배는 두 장의 종이를 들고 있었다. 포스터 사이즈인 줄 알았는데 그보다는 작아 보였다. 저게 문제의 그림이냐고 묻자 겐고가 말없이 고개를 끄덕였다.

"이것 말인데."

선배가 그림 하나를 가까운 책상에 얹어놓고 다른 하나는 우리 앞에 펼쳤다.

"……하아."

탄식이 나왔다.

감동의 탄식이라면 좋은 인생 경험이 되었겠지만 실제로는 어이가 없어 흘러나온 탄식이었다.

그것은 확실히 그림이기는 했다. 글자도 기호도 아니니 그림이라고 부를 수밖에 없으리라.

파스텔컬러가 가득한 화폭에 평화로운 전원 풍경이 그려져 있었다. 태양이 찬란히 빛나는 벌판 너머로 산맥이 보이고 그림 중앙을 어미 말과 망아지가 달리고 있었다. 산기슭에는 농가와 작은 밭. 휑한 숲. 딱히 특이한 소재는 아니다. 특이한 것은 색칠법이었다. 파스텔컬러 물감을 몇 겹이나 덧발랐는지 붓자국이 전혀 보이지 않았다.

게다가 농담이나 명암, 강약 표현이 전혀 없었다. 산은 오로지 녹색이고, 들판은 온통 에메랄드그린, 하늘은 어디까지나 하늘색이다. 건성으로 그린 것처럼 보이지만 이 정도로 철저히 밋밋하게 칠하려면 이건 이것대로 엉뚱한 수고가 들지 않았을까?

조금 더 자세히 보니 특이한 점이 또 한 가지 있었다. 말과 들판, 들판과 산, 농가와 밭, 각각의 구별이 뚜렷했다. 구체적으로 말하면 윤곽선이 있었다.

느낌을 솔직하게 한마디로 표현하라고 한다면 나는 '이게 뭐야'라고 했을지도 모른다. 수채화나 유화, 파스텔화, 수묵화, 그러한 장르로 구분한다면 가장 가까운 것은……

"어때, 조고로."

겐고의 물음에 나도 모르게 본심이 흘러나왔다.

"애니메이션 필름 같네."

가쓰베 선배가 자그맣게 웃음을 터뜨렸다. 애니메이션 필름이 아니면 색칠 공부다.

뒷면을 만져보니 재료는 도화지가 아니라 켄트지 같았다. 하지만 이 사이즈는 흔히 볼 수 있는 B5. B5 켄트지가 어디에 없었다면 직접 잘랐으리라.

"이건 미술부 사람이 그린 건가요?"

"맞아."

"이건, 훌륭한 그림인가요?"

"보다시피."

훌륭한 그림인지 아닌지 보고 판단할 눈이 없으니 물은 건데. 나는 질문을 바꾸었다.

"그럼 여기에 뭔가, 저희가 모르는 예술성이 담겨 있다든가……?"

겐고가 내 어깨에 손을 얹었다.

"바로 그거야, 조고로."

"…….”

그렇다면.

"이 그림의 예술성을 찾아내라고?"

"뭐, 그런 셈이지. 난 전혀 모르겠어. 알기 쉬워서 좋은 그림 같기는 한데.”

"미안, 겐고. 잠시 후에 오사나이하고 약속이…….”

"잠깐, 사정만이라도 듣겠다고 했잖아!"

엉거주춤 일어서려는데 겐고가 어깨를 잡아 눌렀다. 억지로 도로 앉은 나를 가쓰베 선배가 안쓰러운 눈빛으로 바라보았다.

"이 그림을 그린 사람은 작년에 졸업했대. 고로 이 그림은 이 년째 여기에 있는 거지.”

"아아.”

아무래도 의욕 없는 대답이 나왔다.

"원래 그 사람은…… 가쓰베 선배, 뭐라고 했었죠?"

가쓰베 선배는 겐고의 물음에 고개를 한 번 끄덕였다.

"도지마한테는 전에 얘기했는데, 이 그림을 그린 사람은 오하마 선배라고, 유화를 그리던 사람이야."

"유화를……. 유화로도 이런 느낌의 그림을 그렸나요?"

"전혀. 다카하시 유이치*를 좋아해서 그런 분위기의 그림이 많았어. 장차 국전이 꿈이랬는데."

다카하시 유이치. 으음, 〈연어〉였나 〈송어〉였나. 정말이지, 이렇게 무지한 인간을 그림 해석에 끌어들이지 말았으면 좋겠다.

애초에 오하마란 선배가 유화를 그리는 사람이고, 더군다나 국전이 목표라고 공언할 만큼 본격적인 그림을 그린다면 눈앞의 이 그림은 아무래도 장난이 아닐까. 이 년씩이나 소중히 보관할 만한 그림은 아니다. 그런 생각이 얼굴에 드러났는지 가쓰베 선배가 내 의문을 정확히 집어냈다.

"이런 그림을 이 년씩이나 보관했다는 게 이상하지?"

순순히 끄덕였다.

"예, 뭐."

"사정이 있거든. 도지마한테도 자세히 설명하진 않았는

---

* 메이지 초기에 활약한 일본 최초의 서양 화가로 사실적인 필치로 정물, 인물, 풍경 등을 즐겨 그렸으며 대표작으로 〈연어〉가 있다.

봄철 한정 딸기 타르트 사건

데……."

가쓰베 선배가 슬쩍 시선을 던지자 겐고가 낮은 목소리로 물었다.

"사정이라고요?"

겐고가 갖고 있던 대학노트를 펼치고 주머니에서 볼펜을 꺼냈다.

"나중에 신문부 선배한테도 들려주고 싶으니 메모 좀 할게요. 죄송하지만 손이 별로 빠르지 않으니 천천히 말씀해주세요."

"메모할 거야?"

가쓰베 선배는 깜짝 놀란 듯이 외쳤다. 신문부 학생이 노트에 발언 내용을 적는다면 인터뷰나 다름없는데, 가쓰베 선배는 그럴 생각이 없었을 테니 놀랄 만도 하다. 녹음하는 것도 아닌데 선배는 헛기침을 하더니 무슨 얘기부터 할지 고민하는 듯 잠시 입을 다물었다.

"……그래. 역시 처음부터 설명해야겠지. 조금 길어질 테니까 양해해."

그런 서두로 이야기가 시작되었다.

"오하마 선배가 이 그림을 그린 건 3학년 여름방학 때였어. 이미 동아리도 은퇴하고 난 뒤였지. 나 말고는 아무도 모를 거야. 내가 알게 된 것도 우연히 그림 그리는 모습을 봤기 때문이었으니까.

처음 봤을 때는 깜짝 놀랐어. 도저히 오하마 선배의 그림 같지 않았거든. 하지만 그림을 좋아한다고 해서 꼭 언제 어떤 그림이든 신념을 갖고 그릴 필요는 없잖아? 그땐 오하마 선배가 단순히 변덕을 부린 거라고 생각했어."

"아니었나요?"

"오하마 선배는 진지할 때는 굉장히 진지해서 다가가기도 무서울 때가 있었지만 평소에는 잘 웃는 온화한 사람이었어. 내가 이건 낙서냐고 물었더니 웃으면서 이렇게 말했어. 이건 세상에서 가장 고상한 그림이라고."

고상……?

나는 색칠 공부 같은 그 그림을 쳐다보았다. 하지만 그림에서 갑자기 후광이 쏟아지는 일은 없었다.

"너무 고상해서 난 모를 거랬어. 고상하다는 단어를 강조했는데, 말투가 왠지 웃음을 참고 있는 것처럼 들려서 농담인 줄 알았어. 그렇잖아? 그래서 농담이냐고 물었지."

가쓰베 선배는 겐고가 마저 메모하기를 기다렸다가 말을 이었다.

"그랬더니 신에게 맹세코 진심이라는 거야.

오하마 선배는 며칠 후에 완성한 이 그림을 내게 맡겼어. 때가 되면 찾으러 올 테니 그때까지 보관해달라고. 그 후로 이야기를 나눌 기회도 없이 선배는 졸업해버렸어."

나는 이야기를 거들었다.

"그래서 이 년이나?"

가쓰베 선배가 작게 고개를 끄덕였다.

"내년이면 나도 졸업하니까……. 이걸 어떻게든 처리하고 싶어. 선배에게 연락하려 했는데 이사를 갔는지 연락처도 모르겠고."

"그럼 후나도 미술부 대대로 물려주는 건 어때요?"

농담 삼아 한 말에 가쓰베 선배는 단호히 고개를 저었다.

"솔직히 짐만 될 뿐이야."

"하아."

짐이라니, 그런 가혹한 평가를.

가쓰베 선배의 말이 빨라졌다.

"종이 그림은 이것뿐이라 보관할 때도 신경쓰이고, 부탁받은 물건이니 함부로 다룰 수도 없고. 무슨 의미가 있어서 가지러 오지 않는 거라면 챙겨둘 수도 있지만 낙서에 지나지 않다면 이제 버리고 싶어."

다정해 보이는 동그란 얼굴로 꽤나 시원스레 말한다.

그림을 맡은 지 이 년이 지난데다 일 년이나 연락이 없다면 오하마 아무개 선배도 그림을 버렸다고 불평할 처지는 못 된다. 나라면 버린다. 그렇지만 망설이는 가쓰베 선배의 심정도 충분히 이해한다. 나중에 괜히 시비라도 걸면 억울하고, 만약 실제로 미술 실험작이라면……. 조금 무섭다.

그보다 가쓰베 선배가 가져온 그림은 두 장이었다.

"그쪽도 비슷한 그림인가요?"

한 장은 이렇게 눈앞에 있지만 다른 한 장은 뒤집힌 채다. 가쓰베 선배는 그렇게 묻는 나를 이상하다는 듯이 쳐다보았다. 뭔가 놓친 이야기라도 있나? 그때 옆에서 겐고가 끼어들었다.

"이 녀석한테는 거의 아무 얘기도 안 했어요."

"아아, 그래. 그럼 뭐가 수수께끼인지도 모르겠네."

이상한 그림이라고는 생각했지만 수수께끼라고는 생각하지 않았다. 첫 번째 그림이 이 모양이니, 두 번째 그림이 아무리 형편없다 해도 수수께끼로 보이지는 않겠지. 그렇게 생각했는데…….

"이건……."

옳거니, 수수께끼구나. 뒤집은 두 번째 그림을 보자마자 나는 바로 그렇게 생각했다. 전원 풍경, 태양, 들판 너머에는 산맥. 말. 농가. 밭. 횅한 숲.

두 번째 그림은, 첫 번째 그림과 완전히 똑같았다.

3

미술실을 뒤로했다. 문을 닫기가 무섭게 겐고가 물었다.

"어때, 이상하지?"

"그러네. 복사나 컴퓨터그래픽이라면 몰라도, 손으로 똑같은 그림을 두 장 그렸다니……."

보통 고생이 아니었을 텐데. 단순히 생각하면 노력을 두 배로 들이는 셈이지만 똑같은 그림을 그리는 데에서 오는 피로감도 있을 테니 두 배만 될지.

"똑같은 그림이라고 해도 군데군데 다른 부분도 있긴 해."

"그래? 몰랐는데."

"자세히 보면 알 수 있어. 내 생각인데, 굉장한 아이디어가 담겨 있는 게 아닐까? 그래서 만약 한쪽이 더러워지거나 찢

봄철 한정 딸기 타르트 사건

어졌을 때에 대비해 여분을 챙겨둔 거지."

"굉장한 아이디어라니."

"그 점을 네가 알아내주길 기대하고 있어."

기대는 솔직히 감사하게 받겠지만 역시 내 전문이 아닌 것 같다. 머리를 굴려서 답을 알 수 있는 일이라면 대개 줄기나 해법이 자연히 떠오르는데. 아이디어라니, 혹시 비스듬히 보면 그림이 바뀌거나 매직아이처럼 입체적으로 튀어나오기라도 한단 말일까. ……그렇다면 재미있겠지만, 그렇다고 해도 참신한 아이디어는 아니다.

"그나저나 그건?"

"아아. 보여줄까?"

겐고는 교복 주머니에 넣어두었던 복사지를 꺼냈다. 인터뷰가 끝나고 가쓰베 선배가 겐고에게 건네준 물건이다.

"재작년 학생 신문을 복사한 거야. 오하마 선배의 인터뷰가 실려 있지. 지역 전람회에 입상한 기념이래. 기사에 보탬이 될 것 같아서."

"오. 가쓰베 선배도 용케 그런 걸 챙겨놨네."

"이 뒷면이 유월 구기 대회 기사거든. 선배가 활약한 모습이 크게 실려 있었대."

"그랬군. 그런데 왜 신문부원이 옛날 신문을 외부 사람한테 받았어?"

부끄럽기 짝이 없다는 듯이 겐고는 두 손을 슬쩍 들었다.

"가쓰베 선배는 이 사본을 하루 만에 찾아준다고 했지만 신문부 부실에서 이 년 전 신문을 찾으려면 사흘은 걸리거든."

정리 좀 해라.

연결 복도를 건너 남쪽 동에서 북쪽 동으로 들어갔다.

"그래, 어때? 무슨 생각 떠올랐어?"

"기대에 부응하지 못해 미안하네."

고개를 젓자 겐고가 뜻밖이라는 듯이 내 얼굴을 들여다보았다.

"모르겠다고 인정하는 거야?"

"그렇게 말하잖아."

"유난히 순순한데."

좋은 일 아닌가. 겐고는 묘하게 불만스러운 기색이지만.

그렇지만 꼭 순순하기만 한 것도 아니다. 이런 면에서는 아직 수양이 조금 부족해서, 눈앞에 있는 자료는 훑어보지 않으면 아무래도 찜찜하다. 나는 겐고에게 손을 내밀었다.

"응? 왜?"

"아까 사본, 잠깐 보여줄 수 있어?"

"이거? 좋아."

겐고는 다시 사본을 꺼내 힐끗 보더니 내게 건네주었다.

"고마워. 지금 읽을게."

별로 긴 기사는 아니라서 걸어가면서 충분히 읽을 수 있을 것 같았다.

–지역 미술전 장려상 수상, 축하드립니다.

오하마   고맙습니다.

–입상한 그림을 아직 보지 못했는데 어떤 그림인가요?

오하마   20호짜리 캔버스에 그린 유화입니다. 지금까지는 붉은색을 많이 썼는데, 이번에는 하늘색에 가까운 파란색을 많이 써서 분위기가 제법 밝아요.

–20호라면…….

오하마   보통 크기죠.

–뭘 그리셨습니까?

오하마   과일입니다. 특별한 소재도 아니죠?

–전에도 과일을 자주 그렸습니까?

오하마   기본적으로 아직은 기술을 연마하는 단계니까요. 입학한 뒤로 똑같은 소재만 그린 기분입니다. 아아, 그리고 물고기를 자주 그렸죠.

- 물고기? 미술실에서요?

오하마　아뇨, 집에서. 미술실에서 그리면 비린내 때문에 쫓겨날 거예요. (웃음)

- 하긴 그러네요. (웃음) 그나저나 전 유화라고 하면 굉장히 고상한 느낌이 드는데, 어떤 계기로 시작하게 되었습니까?

오하마　고상하다는 생각은 해보질 않아서 가볍게 시작할 수 있었죠. 장난삼아 그린 낙서로 출발했지만 지금도 근본은 그리 변하지 않았다고 생각합니다.

- 낙서는 자주?

오하마　그렇죠. 전 고상하다는 게 뭔지 잘 몰라요. 고상하고 저속한 것 중에서 항상 저속한 쪽이 많다면, 그건 단순히 수의 많고 적음을 따지는 것밖에 되지 않는다고 생각하거든요.

- 허……

오하마　미안합니다, 이상한 얘길 해서.

- 슬슬 진로를 정할 시기인데요, 향후 목표는 있습니까?

오하마　어딜 가든 결국 그림은 그리겠지요. 직업으로 그리게 될지는 모르겠지만.

- 가족분들도 오하마 씨의 그림을 기대하는 것 아닙니까?

오하마　글쎄요. (웃음) 나이 차이 나는 형이 자주 놀러오는데, 제 그림을 즐겁게 봐주는 건 형하고 조카뿐이라서요.

–오늘은 정말 감사했습니다.

오하마   저야말로.

흐음.

나는 입을 다물었다.

"왜 그래? 뭘 알아냈어?"

나는 고개를 가로저으며 사본을 겐고에게 돌려주었다. 헤어질 때 겐고가 말했다.

"너도 모르면 어쩔 수 없지. 뭐, 기삿거리가 이거 하나뿐인 것도 아니고."

아주 조금 죄책감을 느꼈다. 저 사본은 중요한 단서다. 이건 이러저러한 방식으로 해결할 수 있다는 말이 목구멍까지 튀어나왔다.

하지만 꾹 삼켰다.

영악한 지혜 싸움은 결코 보기 좋은 행동이 아니다. 그것을 나는 알고 있다. 지혜를 빌려줄지 말지는 사정을 들은 뒤에 결정하면 된다고 생각했는데 조금 안일했다. 얌전히 있으려면 처음부터 사정 같은 건 듣지 말아야 했다.

교실로 돌아왔다. 내 자리에 누가 앉아 있었다. 오사나이다. 약간 초췌해 보이는 건 기분 탓일까? 오사나이는 힘없는 목소리로 말했다.

"어서 와."

어서 오라는 말을 들으면 척수반사로 호응하고 만다.

"다녀왔어."

내 의자에 앉을 수 없으니 책상에 대충 걸터앉았다.

"……그런데 왜 여기에?"

"고바토가 미술실에서 나오는 모습이 보여서. 여기로 돌아올 줄 알았거든."

"보였다니?"

"우리 교실에서는 보여."

오호라. 후나도 고등학교의 본관 건물 두 개를 위에서 보면 가로선 하나가 오른쪽으로 길게, 다른 하나의 가로선이 왼쪽으로 길게, 옆으로 누운 H 자 모양을 띠고 있다. 그 말을 듣고 건물 구조를 머릿속에 떠올려보니 확실히 오사나이의 교실 맞은편이 미술실이었다. 오사나이는 안뜰 너머로 미술실에 있는 우리를 지켜봤던 것이다. 그렇게 이해하고 있으려는데 오사나이가 한마디 덧붙였다.

"이상한 그림이더라."

"그런 것까지 보였어?"

무심코 외친 내게 오사나이는 치마 주머니에서 손바닥만한 쌍안경을 꺼내 보여주었다. 쌍안경을 쓰면 그림도 볼 수 있겠지만, 어째서 그런 도구를 들고 다니는지는 모르겠다.

"쌍둥이 같아."

그러네, 라고 말하려다가 마음에 걸렸다. 혀로 입술을 축이고 또박또박 말했다.

"판박이 같다는 거겠지?"

"그런 뜻인데……. 쌍둥이 같다고."

그림이 쌍둥이면 어쩌려고. 내 쓴웃음의 의미를 이해한 건지 못 한 건지 오사나이는 체면치레처럼 웃더니 이렇게 말을 이었다.

"그래서 고바토를 기다리고 있었어. ……사과하려고. 어제 많이 위로해줬는데 대답도 안 했잖아."

"뭐야, 겨우 그런 걸로."

요란한 손사래를 덧붙여서.

"신경 안 써."

오사나이는 작게 끄덕이더니 마음을 가다듬은 듯 조금 큰 목소리로 물었다.

"그래서 도지마는 무슨 얘기를 한 거야?"

으음. 얼굴을 찌푸리고 말았다. 그 침묵에 오사나이가 별안간 불안한 표정을 지었다.

"말하기 싫으면 됐어. 내가 너무 눈치 없었나 봐."

도리질을 쳤다.

"말하기 싫은 게 아니야. 실은 대수로운 일이 아니거든."

꼭 오사나이를 안심시키려는 이유 때문만은 아니었지만, 나는 두 장의 그림에 대해 설명하기로 했다. 가쓰베 선배의 과거 이야기나, 오하마란 선배가 한 말도 대충 정리해서 설명했다. 멀리서나마 두 장의 그림을 본 오사나이는 이해도 빨랐다.

"뭐, 그런 사정으로 겐고는 다른 기삿거리를 찾기로 한 모양이야."

그렇게 마무리했다.

하지만 오사나이의 곁에 있던 내가 그녀의 취향이나 행동을 자연히 읽을 수 있듯이, 내 곁에 있던 오사나이도 내 심정을 어느 정도 읽을 수 있는 듯했다. 내가 화라도 낼 줄 알았는지 오사나이가 슬그머니 눈치를 보며 말했다.

"고바토, 안 도와줄 거야?"

"그림에 대해선 잘 모르니까."

"실마리는 잡았잖아?"

여간내기가 아니군. 아직 알아낸 건 아니지만.

"내 기분 탓에 잘못 생각한 거라면 미안해. 하지만 고바토,

초조해 보여."

나는 씁쓸하게 웃었다.

"뭐, 그렇지. 어렴풋하게나마 해법이 보였으니까. 하지만 오사나이도 알잖아. 탐정은 정말이지, 소시민 지망생이 할 짓이 아니야. 지금은 못 들은 척하는 게 나아."

"그걸로 만족한다면……."

오사나이는 그렇게 중얼거리다가 잠시 생각에 잠겼다. 그러더니 천천히 되물었다.

"하지만 정말 괜찮아?"

"……."

그렇게 묻는다면.

그다지 친한 사이도 아니지만.

아직 완전히 알아낸 것도 아니지만.

상대가 믿고 부탁했는데 이대로 물러서는 건, 아무래도…….

"인정머리 없는 것 같기도 하지만."

"나도 그렇게 생각해."

우리가 딱히 인정 넘치는 사람들은 아니다. 하지만 냉혈한도 아니다. 의례적인 무관심이라면 몰라도 냉담하거나 무심한 건 소시민의 덕목이 아니다.

문제는 해결 방법이다.

"가령 알아냈다고 해도 그걸 알리는 게 싫어. 이러저러해서 여차저차하게 되었습니다, 그런 설명 말이야."

"응. 알아."

좋은 방법이 없을까? 내가 나서지 않으면서도 무사 해결을 전할 수 있는 방법. 그렇게 입맛에 맞는 방법이 있을 리 없나? 내가 거리낌없이 추리를 털어놓을 수 있는, 이해력 있는 누군가에게 맡길 수 있다면 또 모르지만.

눈앞에 있는 오사나이처럼.

"응? 나?"

시선으로 알아차렸다. 역시 여간내기가 아니다.

하지만 실질적으로 그건 불가능했다. 내 의리를 지키겠다고 낯을 가리는 오사나이에게 움직여달라는 건 못 할 짓이다. 의리만이라면 몰라도 개인적인 욕심도 섞여 있으니 더더욱 그러하다. 덧붙여 말하면 추리를 한다는 것 자체가 엄밀하게 따지면 오사나이와의 약속을 어기는 짓이다.

그런 고민을 하고 있자니 오사나이가 불쑥 말했다.

"그만두지 못하겠다면…… 날 핑계로 삼아도 돼."

"아아, 그런 방법이 있었지."

오사나이가 무슨 말을 하는지 금방 알아차렸다. 우리는 평

봄철 한정 딸기 타르트 사건

소 어려운 상황에서 달아나기 위해 서로를 핑계로 대는데, 오사나이는 이번에 그 시스템을 탐정 노릇을 위해 써도 된다고 말해준 것이다. 나는 내심 상당히 놀랐다. 자기가 이용당하는 것도, 내가 약속을 어기는 것도 괜찮다고 말하다니. 나는 되물었다.

"정말 괜찮아? 오사나이가 알아낸 셈이 되는데?"

오사나이는 힘없이 웃었다.

"응. 서로 핑계가 되어주기로 약속도 했고, 아마 내가 가쓰베 선배하고 만날 일은 없을 테니까. 어제 여러모로 신세도 졌고……."

그런 건 신경 안 써도 되는데. 게다가 오사나이와 가쓰베 선배 사이에는 접점이 생기지 않더라도 겐고와는 앞으로 어찌될지 모른다.

나는 고심한 끝에 오사나이의 제안을 받아들이기로 했다. 실제로 풀릴 만한 수수께끼를 풀지 않는다는 건 상당한 스트레스다. 뭐든 풀어보고 싶은 이 성격은 소시민을 목표로 하는 내게 최대의 걸림돌이다. 그걸 알면서도 그만 이렇게 금기를 깨고 만다. 정말 수양이 부족하다. 나는 쑥스러운 마음으로 물었다.

"그럼 이번만 네 말대로 할까?"

"해법은 찾아냈지?"

"응. 뭐, 어쨌든 오늘은 이만 돌아갈 거야. 같이 갈래?"

오사나이는 어딘지 건성으로 끄덕였다. 뭔가 고민이라도 있나 싶었더니, 오사나이가 작은 목소리로 이런 제안을 했다.

"저기, 나 말이야. 디지털카메라를 갖고 있어. 고바토 가 그 두 장의 그림을 찍어 오면 함께 생각해볼 수 있을 텐 데……."

고마운 제안이다. 오사나이의 조력도 조력이지만 그림 을 디지털 데이터로 보존할 수 있다면 큰 도움이 된다. 하지 만…….

"그렇게까지 도와주지 않아도 괜찮아."

그렇게 말하자 오사나이가 얼굴을 살짝 붉히더니 고개를 도리도리 저었다.

"아니야. ……기분 전환 삼아서. 지금은 다른 생각을 하는 게 마음 편해."

다음날.

신문부원도 아닌데 혼자 미술부를 찾아갈 마음은 없었다. 겐고를 잘 꾀어서 한 번 더 데려가달라고 해야지. 별로 어려 운 일이 아니다. 그리고 자연스럽게 두 장의 그림을 각각 디지털 데이터로 저장하는 데 성공했다.

　서둘러 돌아가려는데 문득 생각났다는 듯이 가쓰베 선배가
말했다.

　"참, 이 그림, 제목이 있어."

　"제목? 두 장에 각각요?"

　"그건 모르겠어. 어쩌면 한쪽에만 붙인 제목일지도 모르지
만. 아, 잠깐, 기억이 나. 이거야. '셋의 너에게, 여섯 수수께
끼를'."

　그건 무척……. 겐고와 나는 동시에 말했다.

　"의미심장한데."

　"그림 제목 같지 않은데요."

　가쓰베 선배는 나를 살짝 쏘아보았다.

　"내가 붙인 게 아니야."

　비난한 건 아닌데……. 우물쭈물 말을 흐리고 얼른 그 자
리에서 물러났다.

　돌아가는 길에 겐고가 물었다.

　"하루 만에 태도가 바뀌었네. 그 사진을 보면 뭔가 알 수
있는 거야?"

　나는 웃음으로 얼버무렸다.

　"알 수 있을지도 모르고 없을지도 몰라. 친구한테 그림 얘

기를 했더니 사진이 있으면 알 수 있을지도 모르겠다고 해서."

"친구? 누구?"

"제대로 알아내면 가르쳐줄게."

"네가 자기도 모르는 걸 남에게 맡긴다고……?"

겐고는 그렇게 말하며 콧방귀를 뀌었지만 그 이상 추궁하지는 않았다. 고마운 일이다.

"그 친구 부탁인데 어제 본 옛날 신문하고 네 노트를 빌려줄 수 없을까?"

"그걸?"

의심할 줄 알았는데 겐고는 선뜻 승낙했다.

"뭐, 달리 쓸 일도 없으니까. 우리 교실에 들렀다 가. 지금 줄게."

두 가지 자료를 손에 들고 교실로 돌아가 오사나이와 합류했다.

"찍었어?"

"응."

"그럼 한번 볼까."

디지털카메라나 쌍안경만 한 사이즈라면 몰라도 컴퓨터는 학교로 들고 올 수 없다. 집에 돌아가야 한다. 자, 여기서 문제. 오사나이가 우리집으로 오든가, 내가 오사나이의 집으로 가든가. 물론 우리집에는 디지털카메라로 찍은 데이터를 컴퓨터로 옮길 장비가 없으니 필연적으로 내가 오사나이 집으로 가야 한다.

오사나이의 집은 맨션이다. 월세 아니라 자택이라고 했다. 전에 초대받아 한 번 갔을 뿐이라 길이 기억나지 않는다. 오사나이의 길 안내를 따라갔다.

도중에 그림 제목을 알아냈다는 이야기를 했다.

"'셋의 너에게'?"

"'여섯 수수께끼를'."

나는 아까 나눈 대화를 떠올리다가 얼굴을 찌푸렸다.

"그림 제목 같지 않다고 했더니 가쓰베 선배가 노려보더라. 자기가 붙인 게 아니라면서."

오사나이가 숨을 꼴깍 삼켰다.

"그 자리에 있었다면 나도 아마 똑같은 소리를 했을 거야……. 그래서 고바토, 제목에도 의미가 있을 것 같아?"

나는 고개를 끄덕였다.

"아마도. 셋이라는 게 뭘 헤아린 건지가 문제야. '너'라는 게 사람이 아니라면 개수일 테고, 사람이라면 나이를 뜻하겠지."

"……나이일지도 모른다는 생각은 하지도 못했어."

"여섯 수수께끼는 뭔지 모르겠어. 오사나이는 어떻게 생각해?"

오사나이는 한참 생각에 잠겼다. 아담한 오사나이가 걸음을 늦추자 나는 상당히 천천히 걷게 되었다.

버튼식 신호등이 있는 작은 교차점을 건너자 크림색 외벽의 맨션이 보였다. 오사나이네 집이다.

한참 기다린 끝에 오사나이의 결론을 들을 수 있었다.

"일단 봐야……."

그럼 보자. 오사나이네 집은 3층이다. 오사나이가 주머니에서 열쇠를 꺼내 먼저 들어갔다. 아마 집을 치우느라 그랬을 것이다. 몇 분 기다린 뒤에 들어갔다. 청소 몇 분으로는 도저히 불가능할 정도로 구석구석 깔끔했다. 감상을 조금 더 말하자면 생활감이 희박했다. 전에도 듣기는 했다. 오사나이는 외동딸, 부모님은 둘 다 늦게 귀가해서 일찍 출근한다고 했다.

마루가 깔린 거실 구석에 데스크톱 컴퓨터가 있었다. 오사나이는 의외로 익숙한 손짓으로 능숙하게 데이터를 컴퓨터로 옮겼다. 사이즈 조정 때문에 조금 시간이 걸리는 듯했다.

그동안 나는 가방에서 바인더 노트를 꺼냈다. 내 생각에 이 문제는 자료 독해로 해결될 사안이다. 겐고의 노트와 지난

봄철 한정 딸기 타르트 사건

신문에서 요점을 뽑아냈다.

겐고의 노트(가쓰베 아스카 선배의 증언)

1) 오하마는 평소 유화를 즐겨 그렸다.

2) 오하마가 두 장의 그림을 그린 것은 3학년 여름방학 때였다.

3) 오하마가 두 장의 그림을 그렸다는 사실을 알고 있는 것은 가쓰베 뿐이다. (몰래 그린 건지 우연인지는 알 수 없음)

4) 가쓰베가 낙서냐고 묻자 오하마는 부정했다. ("세상에서 가장 고상한 그림")

4') 단, 그때 말투에는 웃음기가 있었다.

5) 오하마는 완성한 그림을 가쓰베에게 맡겼다.

5') 그 기한은 "때가 될 때까지"였다.

학생 신문

1) 이것은 2년 전 6월 신문.

2) 지역 미술전 장려상 수상 소감 인터뷰. (국전이 목표라는 오하마의 말이 허풍이 아니었다는 증거가 될까?)

3) 오하마는 평소 붉은색을 즐겨 사용했다.

3') "이번에는 밝은 느낌"이었다. (평소에는 그렇지만도 않다?)

4) 오하마는 자신이 현재 기술을 연마하는 단계라고 생각했다.

5) 오하마는 그림 그리는 것을 고상하다고 생각하지 않았다.

5') "전 고상하다는 게 뭔지 잘 몰라요."

6) 오하마의 그림에 관심을 보이는 가족은 형과 조카뿐이었다. (고등학교 3학년인 오하마의 형에게 아이가?)

발췌해보니 키워드는 명백했다.

'셋의 너에게, 여섯 수수께끼를'이라는 말. 똑같은 그림이 두 장. 보다 정확히 말하면 똑같아 '보이는' 그림이.

해답은 뻔했다. 이제 실물 그림으로 확인만 하면 된다.

오사나이가 조작하는 컴퓨터의 모니터에 '셋의_너에게.jpg'와 '여섯_수수께끼를.jpg'라는 아이콘이 생겼다. 파일 이름 한번 기네. 두 개를 나란히 띄웠다.

멀리 산맥이 펼쳐진 평원. 농가에 밭. 태양에 하늘. 어미 말과 망아지. 휑한 숲.

처음으로 가까이서 본 오사나이의 감상은 이러했다.

"못 그렸네……."

솔직함은 미덕이다.

두껍게 덧칠한 물감. 파스텔컬러. B5 크기로 자른 켄트지. 나는 오사나이에게 부탁했다.

"농가 말인데. 조금 확대해줄래? 응, 둘 다."

농가에는 커다란 창이 달려 있고, 그 안쪽에 벽시계가 걸려 있었다. 두 장 다 확대하고는 오사나이가 마우스에 손을 얹은 채로 몸을 돌려 나를 올려다보았다.

"……고바토, 이건."

나는 고개를 끄덕였다.

4

마무리는 빠를수록 좋다. 오사나이네 집에 들른 이튿날, 나는 겐고에게 설명할 작정이었다.

그런데 공교롭게도 수업이 끝나자 겐고는 혼자서 미술실에 가버린 듯했다. 교실 창으로 미술실을 볼 수 있는 오사나이가 귀띔해주었다. 이래서야 계획이 어긋난다. 일단 겐고에게 설명하고, 겐고를 통해 가쓰베 선배에게 알릴 작정이었기 때문이다. 아무리 오사나이를 방패로 내세운다 해도 가쓰베 선배나 다른 미술부원들 앞에서 탐정 역을 하려니 마음이 무거웠다. 제대로 해낼 자신이 없었다.

하지만 뒤로 미뤄봤자 별수없다. 어쩔 수 없이 혼자서 미술실로 향했다. 문을 두드리고 미닫이문을 열어보니 오사나

봄철 한정 딸기 타르트 사건

이의 정보대로 겐고도 와 있었다. 그저께 그 자리에서 가쓰베 선배와 이야기를 나누고 있다. 겐고가 나를 돌아보았다.

"너도 올 줄은 몰랐는데, 조고로."

애매한 미소로 그 말에 답하고 겐고 옆에 앉았다. 앉기가 무섭게 겐고가 다그쳤다.

"친구라는 애는 어떻게 됐어?"

나는 한차례 심호흡을 하고 가쓰베 선배를 향해 준비해 온 말을 단숨에 쏟아냈다.

"어제 사진으로 찍은 그림을 친구에게 보여줬더니, 친구가 이 그림의 목적을 알아냈어요."

"어?"

가쓰베 선배가 눈을 동그랗게 떴다. 겐고도 퍼뜩 얼이 빠진 듯했다.

"정말이야, 조고로? 누구야 그게?"

"겐고한테는 소개한 적 있지 않나? 오사나이야."

겐고는 그 이름을 기억하는 듯했다. 존재감을 숨긴 오사나이를 딱 한 번 보고 기억하다니 대단한 능력이다.

"아아, 그 애? 미술에 조예가 깊은 줄은 몰랐네."

"그런 건 필요 없었어."

가쓰베 선배에게 그 그림을 가져와달라고 부탁했다. 믿기 어렵다는 표정이었지만 그래도 가쓰베 선배는 그림을 가져와 주었다. 두 장의 그림을 책상에 펼쳤다. 나는 그것을 잠시 굽어보며 포인트를 확인했다.

"왜 그래, 조고로?"

"그저께, 겐고 네가 그랬지? 이 그림은 똑같아 보이지만 여기저기 다르다고. 오사나이도 가장 먼저 그 점을 알아차렸어."

가쓰베 선배는 온화한 소리로 반론했다.

"그게 왜? 그린 시기가 비슷하면 조금쯤 수정하고 싶어지는 게 당연하잖아."

나는 고개를 끄덕였다.

"그럴지도 모르지만, 이 두 그림의 차이점을 한번 꼽아봐, 겐고. 어디가 다르지?"

겐고는 얼굴을 살짝 찌푸리면서도 순순히 대답했다.

"이쪽은 망아지 뒷다리에 하얀 반점이 있어."

"그 밖에는?"

"제일 왼쪽 산자락이 퍼지는 각도가 달라."

"그리고?"

"내가 알아차린 건 그게 다야."

"가쓰베 선배는요?"

봄철 한정 딸기 타르트 사건

가쓰베 선배는 겐고처럼 순순히 대답해주지 않았다.

"그러니까 그게 무슨 상관이냐니까?"

가쓰베 선배는 의미심장하게 질문하는 내가 눈에 거슬리기 시작한 모양이다. 심정은 충분히 이해한다. 눈앞에서 누가 탐정 시늉을 하면 기분 좋을 리 없다는 것을 나는 알고 있다. 가쓰베 선배를 불쾌하게 만드는 것도 미안한 일이고, 오사나이를 핑계로 내세우는 것도 불편한 일이다.

선배의 심사가 본격적으로 틀어지면 난처하다. 그냥 답을 말기로 했다.

"농가 창문 안에 그려진 벽시계가 가리키는 시간이 달라요. 밭이랑 수도 다르고요. 숲의 오른쪽 두 번째 나무 높이도 다릅니다. 그리고 태양 크기가 미묘하게 달라요."

"……."

가쓰베 선배는 침묵했다. 나는 조금 말을 서둘렀다.

"제 친구는 삼십 분이나 면밀하게 사진을 비교한 끝에 이 차이점들을 찾아냈어요."

사실은 내가 오사나이와 함께 십오 분 만에 찾아낸 거지만. 다섯 번째까지는 금방 찾아냈는데 둘이서도 산자락의 각도는 좀처럼 알아차리지 못했다.

시선을 돌리자 겐고가 두 장의 그림을 비교하며 손가락을 꼽고 있었다. 하나, 둘······.

"그러네. 여섯 군데가 달라."

"그래. '여섯 수수께끼'지."

겐고와 가쓰베 선배가 동시에 나를 쳐다보았다. 깜짝 놀란 표정으로. ······연출이 조금 과했는지도 모르겠다. 조금 더 담담하게 풀어나갈 수 있으면 좋을 텐데 아무래도 나쁜 버릇이 완전히 빠지지 않은 모양이다. 그냥 단숨에 결론을 말해버리자. 나는 숨을 크게 들이쉬었다.

"다시 말해 이 두 장의 그림은 '틀린 그림 찾기'였던 겁니다.

의도적인 '틀린 부분' 이외의 차이점이 생기지 않도록, 윤곽선을 선명하게 그리고 농담을 가하지 않고 안을 채워 넣은 거지요. 유화로 그리지 않은 이유는 밑그림을 복사하기에는 종이가 더 편했기 때문일 거예요."

"그럴 수가."

가쓰베 선배는 말을 잇지 못하다가 버럭 외쳤다.

"그런 바보 같은 짓을! 대체 어떤 고등학생이 틀린 그림 찾기를 좋아한다고······!"

"이걸 받았어야 할 상대는 세 살이었으니까요."

가쓰베 선배의 박력에 눌리면서도 나는 간신히 말했다.

"'셋의 너에게'잖아요."

"그……."

또다시 '그럴 수가'라고 말하려던 가쓰베 선배가 할말을 잃었다. 그 틈에 나는 하려고 작정했던 말을 쏟아냈다.

"이 그림을 켄트지에 그린 이유는 물론 그림을 그리기에 적합한 종이였기 때문이겠지요. 하지만 B5 크기로 자른 이유는, 그림을 우편으로 보낼 생각이었던 것 아닐까요? 규격 외 사이즈지만 B5나 A4는 딱 맞는 크기의 봉투가 있으니까요.

때가 될 때까지 맡아달라고 했다죠? 그 때라는 건 아마도 그림을 보낼 상대가 세 살이 되는 생일을 뜻하는 거겠지요. 오하마 선배에게는 형이 있었어요. 나이 차가 있는 형의 아이는 오하마 선배의 그림을 좋아했다지요. 나이로 볼 때 그림을 보낼 상대는 아마 조카였을 겁니다."

"그렇게 생각하면 기묘한 제목도 딱 들어맞아. 하지만 조고로……."

할말을 잃은 가쓰베 선배를 대변하는 건 아니겠지만 겐고가 나서서 물었다.

"가쓰베 선배 말에 따르면 오하마 선배는 이 그림을 '고상하다'고 했다면서. 틀린 그림 찾기는 고상하다고 할 수 없어. 만일 세상에 고상하다고 할 수 있는 틀린 그림 찾기가 있다

해도 이 그림이 그렇다고 할 수 있어?"

"'전 고상하다는 게 뭔지 잘 몰라요.'"

겐고가 신음을 삼켰다.

"겐고가 준 기사 사본에 그렇게 적혀 있었지. 그 뒤는 이런 느낌이었어. 정확히 기억하려나, 잠깐만."

나는 주머니에서 사본을 꺼냈다.

"아아, 여기다. '고상하고 저속한 것 중에서 언제나 저속한 쪽이 많다면, 그건 단순히 수의 많고 적음을 따지는 것밖에 되지 않는다.' 이건 좀 재미있지. 오하마 선배의 머릿속에서 '고상'하다는 말은 일종의 키워드가 되는 것 같아. 기자가 딱히 '고상'하다는 말을 강조한 것도 아닌데 덥썩 물었거든. 그렇다면 우리도 오하마 선배 머릿속에 있는 '고상함'에 초점을 맞춰야 한다고 오사나이가 그랬어.

그럼 오하마 선배는 '고상하다'는 단어를 어떻게 생각했을까? '항상 저속한 쪽이 많다'면 '항상 고상한 쪽이 적은' 셈이 되지. 그렇다면 그건 가치 개념이 아니라 수량 개념이 아닐까?

오하마 선배가 진심으로 그렇게 생각했던 건 아닐 거야. 가쓰베 선배에게 그 두 장의 그림이 고상하다고 얘기했을 때 웃었다는 건 의미심장한 문제야. 오하마 선배는 가치 개념과

봄철 한정 딸기 타르트 사건

수량 개념이 뒤섞인 고상하다는 말을 시니컬한 시각으로 바라보고 있었어."

가쓰베 선배에게 묻기는 망설여져서 나는 겐고 쪽만 쳐다보았다.

"나는 오하마 선배의 그 견해에는 찬성도 반대도 하지 않지만.

오사나이는 여기서 하나의 이야기를 더 풀어냈어. 만일 오하마 선배에게 고상하거나 저속하다는 개념이 '단순히 수의 많고 적음을 따지는 것밖에 되지 않는다'면 '세상에서 가장 고상한' 그림은 어떤 걸까?"

겐고는 팔짱을 끼고 천장을 올려다보았다.

"그래. 만일 그렇다면……. 아무도 이해할 수 없는 게 최고가 되려나."

"아니야. 아무도 이해할 수 없는 건 고상하거나 저속하다는 판단에 들어맞지 않아."

겐고는 상당히 유연한 반응을 보였다.

"0이 아니라면 1이겠네."

나는 고개를 끄덕였다.

"그래. 이 그림은 받는 상대인 세 살짜리 아이만 좋아하는 그림이었어. 아마 그 아이는 말을 좋아하고, 들판이 펼쳐진 곳에 살고 있겠지. 어쩌면 글자도 못 깨우쳤을지 모르는 그 아이는 그림책 같은 데 있는 틀린 그림 찾기를 좋아해.

오하마 선배는 단 한 사람의 취미를 겨냥한 그림을 그렸어. 선배의 생각, 아니, 선배가 조롱하고 싶었던 사고방식에 따르면 그야말로 세상에서 가장 고상한 작품이었겠지."

말을 마치고 허둥지둥 덧붙였다.

"……오사나이가 그렇게 말하더라고."

"흐음."

겐고는 신음을 하며 머리를 벅벅 긁어댔다.

당혹스러워 어쩔 줄 몰라 하던 가쓰베 선배도 진정된 모양이다. 그렇지만 가쓰베 선배는 묘하게 차가운 눈으로 두 장의 그림을 보고 있었다.

"그런 걸 왜 맡겼을까?"

"조카는 오하마 선배네 집에 자주 놀러왔을 거예요. 모처럼 준비한 선물이니 생일 때까지 숨겨두고 싶었겠지요. 학교에 두면 절대 들키지 않을 테니까."

"그럼 그림을 가지러 오지 않은 이유는?"

"글쎄요. 형네 가족과 사이가 나빠져서 생일 선물을 줄 수 없게 되었는지……. 아이의 취미가 바뀌어서 이 그림이 의미가 없어졌는지……."

"아니야. 그렇다면 내게 한마디 정도 해줘도 됐을 텐데."

아아, 눈치챘나. 눈치챘어도 굳이 말하지 않는 게 좋았을 텐데.

"요컨대 잊어버린 거구나. 그리고 잊어버려도 되는 그림이었던 거야."

말해버렸군. 나는 마지못해 고개를 끄덕였다.

"그런 것 같아요. ……오사나이도 그렇게 말했어요."

"지금도 이 그림이 고상하다고 생각해?"

꽤나 어두운 목소리다. 불온한 분위기를 감지한 나는 몸을 사렸다.

"그건 저도 뭐라 하기가."

겐고는 솔직한 인간이라 솔직한 소리를 했다.

"아뇨. 이 년이나 지났으니 아이의 취미는 완전히 달라졌겠지요. 이 그림을 이해하는 사람은 이제 어디에도 없어요."

언젠가 서점에서 있었던 일이 불현듯 떠올랐다. 우리는 지금이 최고다 싶은 순간을 동경한다. 왜냐하면 우리는 그 순간을 만들어낼 수 없으니까. 이 그림이 최고였던 순간은, 누구의 눈에도 들지 못하고 영원히 사라지고 말았다.

……물론 그런 순간이 과거 이 그림에 존재했다면 말이지만. 나는 오하마의 말을 믿지 않는다. 개의치 않는다. 고상하

다는 말을 진지하게 파헤치다간 소시민에서 점점 멀어질 뿐이다.

가쓰베 선배의 입가에 차가운 미소가 떠올랐다. 동그스름한 얼굴에 어울리지 않는 냉소가.

"결국 이건······."

가쓰베 선배는 두 장의 그림을 들어 겹치더니 반으로 찢었다.

"쓰레기네."

The Special
Strawberry Tart
Case

맛있는 코코아를 타는 법

1

그날, 일요일. 나는 거리에서 오사나이를 발견했다.

나와 오사나이는 상부상조하는 사이지만 의존 관계는 아니고, 하물며 비익연리比翼連理 같은 사이는 절대 아니다. 방과후에 달콤한 디저트를 함께 먹으러 가거나 나란히 서점에서 책을 뒤적거리는 일은 있어도 일요일에 둘이서 외출 약속을 나눈 적은 없다. 어느 한쪽이 말을 꺼내면 서로 싫다고는 하지 않겠지만, 의미 없이 붙어다니고 싶은 마음은 둘 다 없다.

오월의 일요일, 화창한 날씨에 정처 없이 거리로 나가보니 상점가 한 골목의 휴대전화 가게에서 어디서 본 듯한 소녀가 나타났다. 유심히 보니 오사나이였다. 어째서 평소 학교에서는 자주 붙어다니는 오사나이가 '어디서 본 듯한' 인상에,

'유심히' 보지 않으면 분간이 가지 않았느냐 하면 원인은 오사나이의 복장 때문이다.

세일러 교복을 입은 오사나이는 존재감을 억눌러 '음울', '수수', '음침'이라는 단어가 잘 어울린다. 하지만 오늘 오사나이는 복숭앗빛 탱크톱에 하얀 상의를 걸치고 무릎 위까지 오는 크림색 데님 바지를 입었다. 단발머리는 낙낙한 가죽 모자에 덮여 눈에 띄지 않는다. '평소에는 발랄한 여고생, 하지만 오늘은 조금 울적해'라는 분위기다. 같은 반 아이들 눈에 띄어도 언뜻 보면 오사나이 유키인 줄 모를 것이다.

이미지가 이만큼 다르면 변장의 영역에 가깝다. 뭐, 실제로 오사나이로서는 변장인 셈이리라. 우리 소시민은 언제나 남의 눈을 의식한다.

무사히 변장을 꿰뚫어 본 나는 뒤에서 오사나이에게 접근했다. 하지만 은밀하게 다가가는 기술에서 나는 오사나이에게 한참 못 미치므로, 몇 미터를 남기고 오사나이가 불쑥 뒤를 돌아보았다. 놀래줄 생각은 아니었지만 내가 놀라게 될 줄도 몰랐다. 깊숙이 눌러쓴 가죽 모자 밑에서 오사나이는 슬그머니 웃었다.

"우연이네, 고바토."

"응. 그러네."

나는 대답하면서도 뒤에서 다가가는 걸 어떻게 알았는지 의아했다. 내 표정을 읽었는지 오사나이는 오른손에 든 물건을 내게 보여주었다. 휴대전화다. 폴더형 전화가 펼쳐진 채로 전원은 꺼져 있었다.

"화면을 보고 있는데 뒤가 보였어."

"어, 그것만 보고 안 거야?"

휴대전화 화면은 보통 새까매서 빛을 거의 반사하지 않는다. 거울처럼 뒤를 보려 해도 뿌옇게 보일 터였다. 오사나이는 고개를 저었다.

"누가 다가오는 것 같아서, 저쪽을 봤어."

손가락으로 가리키는 쪽에는 깨끗하게 닦인 쇼윈도. 오사나이와 내 모습이 비치고 있다. 으음, 변함없이 약삭빠르다. '약삭빠르다'는 말은 그다지 칭찬이 아니니 입 밖에 내지는 않지만.

한차례 감탄한 뒤에 오사나이가 든 휴대전화가 평소 들고 다니던 것과 다르다는 것을 깨닫고 손가락으로 가리켰다.

"아, 휴대전화 바꿨구나?"

오사나이는 고개를 끄덕이며 열려 있던 휴대전화를 닫았다. 그리고 다시 내게 보여주었다. 색은 밋밋한 아이보리, 두께가 꽤나 얇다. 카메라용 렌즈도 달려 있다.

"와, 카메라도 달렸네."

어째선지 오사나이는 조금 쑥스러워했다.

"전에 쓰던 건 많이 낡아서⋯⋯."

"내 건 많이 낡은 그 휴대전화보다 훨씬 낡았는데."

"앗, 미안해. 그런 뜻은 아니었어."

아니, 딱히 상처 입은 건 아니다. 나는 웃으며 고개를 저었다.

"오늘은 휴대전화를 사러 나온 거야?"

그렇게 묻자 오사나이가 얼굴을 조금 흐렸다.

"⋯⋯아니, 그것도 있지만⋯⋯."

"응? 뭐 다른 일이라도?"

"아니."

오사나이는 고개를 살래살래 저으며 작게 말했다.

"쇼핑이라도 하면 마음이 가벼워질까 해서."

조금 고민해봤지만 오사나이가 우울해하는 이유는 짐작도 할 수 없었다. 봄철 한정 타르트 사건이 있은 지도 제법 되었고.

"왜 그래?"

"⋯⋯그저께, 학생 지도실에 불려갔어."

"아아, 그러고 보니⋯⋯."

그저께, 금요일, 그러고 보니 오사나이를 찾는 교내 방송이 나왔다. 평화로운 생활을 보내는 오사나이가 어째서 학생지도실 같은 데에 불려가나 싶었지만 그대로 잊고 있었다.

"혼이라도 났어?"

고개를 젓는다.

"혼난 건 아닌데 이것저것 묻더라. ……자전거에 대해서."

"자전거? 도둑맞은 그거?"

"응. 그게 이상한 곳에서 나왔대."

"찾았으면 잘된 것 아니야?"

"찾았달까, 들었달까."

오사나이는 무척 곤란한 표정이었다. 말하기 싫으면 말하지 않아도 된다고 말리려는데 오사나이는 먼저 마음을 정한 듯 말을 이었다.

"지난주 일요일에 도난 사건이 있었는데 거기서 내 자전거를 봤대."

"누가 목격했다는 얘기야?"

오사나이는 작게 끄덕이더니 조금 빠른 말투로 말했다.

"혼도 정町에 있는 이오키베라는 대학생이 사는 아파트가 털렸대. 지난 일요일은 선거날이었잖아."

그런가, 선거는 끝났던가. 그러고 보니 선거 홍보 차량이 보이지 않아 조용하다.

"투표하러 나간 삼십 분 사이에 도둑이 들었대. 인감을 도둑맞았지만 통장은 무사해서 피해는 거의 없었다는데, 그때 내 자전거를 봤다는 거야. 오지랖 넓은…… 미안, 친절한 이웃이 젊은 사람이 길가에서 망이라도 보는 것처럼 가만히 있는 게 이상해서 등록 스티커 번호를 외워뒀다지 뭐야."

후나도 고등학교에서는 자전거로 등교할 때 미리 등록을 해야 한다고 한다. 나는 걸어 다녀서 잘 모르지만.

"경찰이 등록 스티커 번호를 조회해보니 주인이 나라는 걸 알게 되었고, 그것 때문에 학생 지도실에서도 부른 거야."

"도둑질을 했느냐고?"

"아니. 자전거를 도둑맞은 건 금방 이해해줬어."

지나친 생각인지도 모르지만 이때는 아주 잠깐, 오사나이의 표정에 빈정거리는 빛이 떠오른 것 같았다. 오사나이는 퉁명스럽게 내뱉었다.

"어쩌다 도둑맞았느냐고 다그치더라. 그래서 우울해져서 쇼핑을 하고 싶어진 거야."

뭐, 있을 법한 이야기다.

날은 화창하고 약간 덥다. 손목시계를 보니 1시를 지났다.

봄철 한정 딸기 타르트 사건

오월의 햇볕을 계속 쬐고 있기에는 자외선이 두렵다. 나는 손을 들어 햇빛을 가리며 웃는 얼굴로 말했다.

"그렇구나. 그럼 마음껏 쇼핑하면 좋겠다. 그런데 그전에 시원한 곳에서 잠깐 쉬지 않을래?"

오사나이는 내 제안에 바로 대답하지는 않았다. 내 흉내를 내는 건지 손을 들어 햇볕을 가리고는 내 눈을 들여다보더니 발밑에 시선을 떨어뜨렸다.

"나, 마음에 상처를 입었어……."

아아, 정말이지.

소극적인 오사나이가 뭔가를 조르는 경우는 거의 없다. 게다가 상처를 입었든 말든 화가 난 건 사실일 테니 지금은 아량을 보여줄 순간이다. 이럴 줄 알았으면 지갑에 돈을 조금 더 두둑하게 넣어올걸 그랬다.

"알았어, 내가 살게."

"맛있는 수제 요구르트를 파는 가게가 근처에 있어. 과일 소스가 정말 맛있어."

이때다 하고 오사나이는 그렇게 말하더니 특별히 기쁜 내색도 하지 않고 가죽 모자를 꾹 고쳐 썼다. 이거 보아하니 처음부터 그 가게에 갈 작정이었구나. 애초에 자신의 기분 전환에는 쇼핑보다 달콤한 디저트가 훨씬 효과적이라는 걸 오사

맛있는 코코아를 타는 법

나이도 알고 있을 테니까.

하지만 결론부터 말하면 오사나이는 좋아하는 요구르트 소스를 잠시 뒤로 미루게 되었다. 걸음을 뗀 지 얼마 되지 않아 어지간히 낡은 내 휴대전화에 문자가 들어왔기 때문이다. 내용은 이러했다.

한가하지?

발신자는 겐고다. 나는 걸어가면서 사실을 숨김없이 답장으로 보냈다.

산책중.

고로 한가하겠군. 집에 초대해주마. 와라.

눈썹이 실룩 올라가는 것을 느꼈다. 별일이다. 휴일에 겐고가 불러내다니. 딱히 거절할 이유는 없었지만 오사나이에게 요구르트를 사준 뒤에 응해도 되겠지.

지금 오사나이하고 산책중. 나중에.

잠시 뜸이 있었다.

더 잘됐네. 지난번 그림 문제로 보답하고 싶어. 함께 오면 어때?

그랬다. 두 장의 그림 사건을 해결한 건 오사나이인 것처럼 꾸몄었다. 흐음, 어쩐다. 나는 아무래도 상관없다. 오사나이와 달콤한 디저트를 먹을 기회가 이번뿐인 것도 아니고. 문제는 오사나이가 과연 가고 싶어 할 것인가 하는 점이다.

대화를 나누는 사이 문자를 찍기 위해 걸음이 뒤처진 나를 내버려두고 오사나이는 약간 앞서 가고 있었다. 오사나이를 불러 세웠다.

"잠깐만."

오사나이가 고개만 가만히 돌려 쳐다보았다.

"겐고가 집에 놀러오라는데."

"……그래? 그럼 이만."

"아니, 오사나이 너도 함께 오라는데?"

오사나이의 눈이 동그래졌다. 번쩍 뜨니 의외로 눈이 크다.

"나도?"

"그래. 싫으면 억지로 가지 않아도 돼."

망설일 줄 알았더니 천만에, 오사나이는 잠깐 놀라는가 싶더니 바로 고개를 끄덕였다.

"응. 갈게."

"어, 갈 거야? 지금 바로 오라는데 요구르트는 안 먹어도 돼?"

"응. 그럼 안 돼?"

안 될 이유는 없지만. 조금 뜻밖이었달까. 오사나이가 낯을 가리기도 하지만, 무엇보다 요구르트를 얻어먹을 기회를

날리다니.

"도지마네 집은 어느 쪽이야?"

나는 장소를 대강 알려주었다. 그러자 오사나이는 조금 고민하다가 자기네 집에 들렀다 가자고 부탁했다. 지도를 떠올려보니 오사나이네 집은 겐고네 집으로 가는 길에 있었다.

상점가를 벗어나 원하는 대로 오사나이네 집에 들렀다. 오사나이는 십 분 만에 옷을 갈아입고 돌아왔다. 탱크톱은 터틀넥으로. 데님 바지는 긴 스커트로. 가죽 모자는 사라졌다. 더없이 수수한 옷차림이다. 다시 말해 변장을 해제한 셈이다.

2

겐고네 집은 오래된 주택가에 있는 단독주택. 초등학생 때 두세 번 놀러간 적이 있다. 꽤 오랜만에 가는 거라 길을 잃지 않을지 내심 걱정했는데 의외로 금방 찾았다. 이웃집과의 간격은 일 미터도 되지 않고, 벽돌담이 이 층짜리 주택의 사방을 에워싸 경계선을 주장하고 있다. 초인종을 누르자 금세 겐고가 나왔다. 셔츠에 청바지, 무척 편한 차림이다.

"여, 왔냐."

겐고는 그렇게 말하며 내 어깨 너머를 슬쩍 들여다보는 시늉을 했다. 오사나이가 숨어 있었다.

"어서 와, 오사나이."

"……안녕."

고개를 꾸벅 숙이는 기척이 느껴졌다.

"자, 들어와."

겐고가 이끄는 대로 현관에 들어가 판자가 깔린 복도를 지났다. 예전에도 넓은 집이라고 생각하지는 않았지만 이렇게 자란 뒤에 찾아오니 한층 좁은 느낌이다. 하지만 여섯 평 정도 되는 거실은 물건이 적고 큼직한 창문도 있어 훤해 보였다. 에어컨을 켜놔서 어찌나 고마운지. 조금 큼직한 테이블을 셋이서 에워쌌다. 우리가 격자무늬 방석에 앉자 겐고는 이런 말을 남기고 거실에서 나갔다.

"잠깐 기다려. 맛있는 코코아가 있어."

"……코코아?"

오사나이가 의아하다는 듯이 중얼거렸다. 우악스러운 겐고와 달콤한 코코아의 이미지가 어울리지 않는 것이리라. 뭔가 심오한 유머가 숨어 있을지도 모른다는 생각이 스쳤지만 나는 바로 그 생각을 부정했다. 겐고에게는 표리가 없다.

얼마 지나지 않아 겐고가 돌아왔다. 손에는 쟁반, 쟁반에는 커피잔, 잔 속에는 코코아. 찰랑찰랑하다. 겐고는 쏟지 않도록 조심스레 쟁반을 테이블에 내려놓았다. 각자 손을 뻗어 가까운 잔을 쥐었다.

"맛있는 코코아라고 했지?"

"그래. 반 호텐 거야."

반 호텐이라니, 그 말인즉 평범한 코코아라는 말이잖아. 슈퍼마켓에 가면 보통 모리나가 코코아와 나란히 팔리는 제품이다. 맛은 비교해본 적 없지만 특별한 코코아는 아니다. 모처럼 맛있다고 으스대는데 기를 꺾을 필요는 없으니 잠자코 있었지만. 흘깃 쳐다보니 오사나이는 어리둥절해하는 표정이었다.

더운 날에 에어컨이 도는 거실에서 뜨거운 코코아를 마신다. 컵에 입술을 댔을 때는 그리 뜨겁지 않은 것 같았는데 코코아 자체는 적정 온도보다 뜨거웠다. 생각해보면, 아니, 생각해보지 않아도 차가운 음료가 훨씬 고마웠을 것이다. 뭐, 초대받은 입장에 배부른 소리는 할 수 없다. 게다가 실제로 제법 맛있었다. 놀랍다, 겐고가 코코아를 맛있게 탈 줄 안다니.

"이건 뜨거운 우유에 코코아 가루를 탄 거지?"

"물론, 그렇지."

"잘 녹였네. 이렇게 녹이긴 힘든데."

나는 오사나이처럼 단걸 좋아하지 않으니 당연히 코코아에 관한 지식도 없지만, 내가 탄 코코아보다 훨씬 맛있다는 건 알겠다. 코코아는 아무래도 가루가 남는다는 점이 싫다. 하지만 겐고가 탄 코코아에는 그런 느낌이 전혀 없었다.

겐고는 씨익 웃었다.

"알겠어? 뭐하면 비결을 알려줄까?"

"아니, 됐어."

"그러지 말고 들어. 순서 하나로 맛이 상당히 달라져. 코코아 하나도 이러니, 요리사는 정말 기술자다 싶더라고."

그러지 말고 들으라고 할 거면 굳이 의향을 물을 필요도 없을 텐데.

"순서? 소금은 설탕 뒤에 넣는다거나?"

"허, 코코아에 소금을 넣기도 해?"

글쎄, 모르겠는데. 오사나이는 잠자코 코코아를 후후 불고 있다. 뜨거운 걸 못 마시는 것이다. 겐고가 알 만한 방법이라면 오사나이도 이미 알고 있을 법한데, 조심스럽게 몸을 웅크린 채로 오로지 코코아만 불어대고 있다. 나도 얌전히 듣는 쪽으로 돌아서기로 했다.

"그래, 가르쳐주겠어?"

"잘 들어. 커피잔에 코코아 가루를 넣고 거기에 뜨거운 우유를 붓는 거야. 그때 우유를 아주 조금 붓는 게 비결이지."

"호오."

"아주 적은 양의 뜨거운 우유를 더한 코코아 가루는 잘 섞어주면 반죽 상태가 돼."

봄철 한정 딸기 타르트 사건

절굿공이로 섞는 동작.

"가루가 완전히 반죽 상태가 되면 다시 뜨거운 우유를 부어. 원하는 양만큼만. 이제 설탕을 적당히 넣고 섞기만 하면."

이번에는 머들러로 휘젓는 시늉처럼 손목을 돌리더니 커피잔을 가리켰다.

"이렇게 되지."

나는 내 컵 속을 다시 들여다보았다. 흐으음. 나는 한차례 신음했다.

"그렇군. 확실히 아이디어 하나로 이만큼 달라지는구나. 정말 재미있는 이야기였어. 고마워."

감동을 솔직하게 나타내는 내게 겐고는 뭐라고 표현하기 어려운, 불쾌한 건지 당혹스러운 건지 모를 표정을 지었다. 야, 조고로, 하고 입을 열던 겐고가 말을 삼키더니 헛기침을 하고 한층 큰 목소리로 말했다.

"그나저나!"

화제를 바꾸는 태도도 서툴기 짝이 없다. 겐고는 오사나이 쪽으로 몸을 돌렸다.

"지난번에는 지혜를 빌려줘서 고마웠어."

고개를 푹 숙인다. 코코아를 마시던 오사나이는 커피잔으로 입가를 가린 채로 얼어붙었다.

"덕분에 선배도 체면을 지켰어. 고마워."

오오. 자세히 보니 오사나이는 무릎을 꿇은 채로 뒷걸음을 치고 있다. 재주도 용하네. 엄지발가락 사용이 포인트인가?

"사실은 좀더 일찍 인사하고 싶었지만. 아무래도 나나 조고로는 그림에 대해서는 일자무식이라. 조고로가 오사나이하고 친구라서 다행이야."

오사나이는 얼굴을 가린 커피잔 너머로 내게 시선을 힐끔힐끔 보냈다. 그만 말을 잘라달라는 뜻이리라.

"아, 겐고. 그러고 보니 지난번에……."

하지만 먹히지 않았다.

"조고로가 으스대며 설명해주긴 했는데 실물도 보지 않고 용케 눈치챘더라. 대체 어떤 점이 실마리가 되었는지 괜찮다면 얘기 좀……."

"나, 나는……."

급기야 오사나이는 컵을 내려놓더니 자리에서 일어섰다.

"화장실 좀 다녀와도 될까?"

겐고는 맥이 탁 풀린 표정으로 대답했다.

"아아, 화장실은 현관 옆에서 왼쪽으로 꺾으면 있어. 찾을 수 있어?"

봄철 한정 딸기 타르트 사건

"괜찮을 것 같아."

오사나이는 황급히 거실에서 나갔다. 그 뒷모습을 보며 도와주지 못해 미안하다고 마음속으로 사과했다.

마루 복도를 걸어가는 발소리가 멀어졌다. 귀를 기울여 발소리를 확인하던 겐고가 불쑥 나를 쳐다보았다. 뭔가 하고 싶은 말이 있는 눈치라 내가 먼저 운을 뗐다.

"그래서? 일요일에 초대하셨으니 뭔가 할말이 있는 거 아냐?"

겐고는 고개를 저었다.

"딱히 이렇다 할 이야기는 없어."

"그럼 맛있는 코코아 타는 법을 가르쳐주려고 산책중인 나를 부른 거야? 고맙다고 하기는 아무래도 어려운데. 뭐, 앞으로 맛있는 코코아를 즐길 수 있게 된 건 기쁘지만."

나는 시비라기보다는 장난 어린 투로 말했다. 겐고는 그 말을 듣고 묘하게 만족스러운 기색이었다.

"흠. 그 성격이 어디 간 건 아닌가 보군."

"무슨 소리야?"

겐고가 커피잔 손잡이를 잡고 있던 손가락을 풀었다.

"번거로운 건 질색이야."

"알아."

"솔직히 묻겠는데, 너 중학교 때 무슨 일 있었어? 분위기가 너무 다르잖아. 죽여도 죽지 않을 것 같던 고바토 조고로는 어디 간 거냐?"

"그런가? 예를 들면?"

일단 시치미를 뗐다.

겐고의 말투는 의외로 온화했다.

"예를 들라고? 전부야. 지금도 그래. 코코아 녹이는 법 하나 배웠다고 '재미있는 이야기였어, 고마워'라고?"

나는 코코아를 홀짝였다. 역시 더운 날에는 시원한 음료가 좋은데.

"무슨 소린지 모르겠어. 예전의 내가 어땠다는 거야?"

겐고는 화는 내지는 않았지만 나를 노려보았다. 아이고, 그리워라. 예전에는 흔히 겐고와 눈씨름을 했다.

"알고 있는 건 전부 입 밖으로 내지 않으면 속이 풀리지 않았지. 자기가 모르는 걸 남이 알고 있으면 얄미운 소리에 변명까지.

그런데 지금의 너는 훨씬 질이 나빠. 잠깐 얘기해보면 원만해진 것처럼 보이지만. 입이 거칠고 성격 나빴던 꼬마가 얼굴만 웃을 뿐 뱃속은 시커먼 불쾌한 놈이 되어버렸어."

······큰일이군. 그렇게 보이나? 나는 열심히 얼굴로도 마

음으로도 싹싹하게 웃는 소시민이 되려고 애쓰는데. 방심했을 때 들어오는 공격이 가장 대처하기 어렵다. 말을 잘라줄 오사나이는, 없다. 아까 내가 끼어드는 데 실패한 탓이다. 겐고의 추궁을 어떻게든 피할 수 없을까 머리를 굴렸지만 쉽게 묘안이 떠오르지 않았다. 고민하는 사이에 괜히 화가 치밀어서 입가에 미소를 머금은 채로 조용히 말했다.

"질문을 정리하자면, 중학교 때 내게 무슨 일이 있었는지 궁금하다는 거네?"

"그런 셈이 되나."

또 한 모금, 코코아를 마셨다. 컵을 내려놓고 두 손을 살짝 들었다.

"그럼 간단해. 아무 일도 없었어. 중학교에 입학했을 때는 겐고 네 말처럼 그랬을지도 몰라. 하지만 졸업할 때는 자연히 이런 성격이 되어 있었어. '소시민'으로서 말이야."

날카로운 시선.

"……안 믿어."

"그건 네 자유고."

"세 살 버릇 여든까지 간다고 했어. 어지간한 일이 있지 않고서야 그 조고로가 이렇게 변했을 리 없어."

"남자는 사흘만 안 봐도 크게 변한다잖아. 하물며 삼 년이나 지났어. 겐고가 너무 안 변한 거야."

나는 겐고에게서 시선을 돌렸다. 눈씨름은 이제 내게 어울리지 않는다. 겐고는 한숨을 쉬었다.

"네 입에서 '그렇군'이니 '그 말이 맞아'라는 소리가 나오는 걸 들으니 짜증이 난다. 정말 그렇다고 생각하지도 않으면서. '예' 한마디로 넘어간 적이 없었던 남자가."

그렇지는 않다. 남의 이야기는 고분고분 들으려고 마음에 새기고 있다. 뭐, 아직 완벽하지는 않을지도 모르지만 그건 수양중이니 눈감아줬으면 한다.

나는 내 말투가 차츰 냉소적으로 바뀌는 것을 자각했다.

"짜증난다면 익숙해지는 수밖에 없겠네."

"그건 말실수야. 하지만 내가 무슨 말을 하고 싶은지 알잖아."

어깨를 움츠리고 빠르게 말했다.

"그래, 알아. 하지만 겐고, 내게 흔해빠진 트라우마를 기대하는 것 아니야? 어리석은 짓이야, 그런 건 없어. 아무것도. 이유가 있어서 소시민이 되려는 게 아니야. 겐고 네가 이유가 있어서 착한 사람인 게 아닌 것처럼 말이야. 그런 이야기를 하려고 부른 거야? 그렇다면 나는……."

거기서 생각이 났다. 그렇다면 나는, 하고 으름장을 놓아

　　　　봄철 한정 딸기 타르트 사건

도 아직 돌아갈 수가 없다. 오사나이가 화장실에서 돌아오지 않았다. 아니, 왜 이리 늦지?

나는 다시 온화한 표정을 지었다. 겐고가 불쾌해하는 게 보였다.

"아. 화장실 좀 다녀올게."

"맘대로 해."

3

딱히 화장실에 가고 싶은 건 아니었다. 그래도 일단 화장실 앞까지 왔다. 손잡이에 적힌 '열림' 표시를 보니 잠기진 않은 듯했다. 그렇다면 오사나이는 어디로 갔지? 설마 이렇게 좁아터진, 아니 그러니까, 청소가 간편할 듯한 집에서 길을 잃지는 않았을 텐데. 그런 생각을 하며 화장실 앞에 멀거니 서 있는데 어디선가 목소리가 들려왔다.

"그러면 양이……."

"그러네요. 하지만……."

아무래도 부엌 같다. 두 목소리 중 한쪽은 오사나이였고, 다른 한쪽은 겐고의 누나 지사토일 것이다. 잠깐 들여다보려고 다가갔다가 눈치 빠른 오사나이에게 바로 들켰다.

봄철 한정 딸기 타르트 사건

"아, 고바토."

들켜버린 이상 어쩔 수 없어 두 사람 앞으로 나갔다. 지사토 누나는 나를 흘깃 쳐다보더니 잘 왔다는 한마디만 하고 팔짱을 꼈다. 겐고와 어울렸던 건 초등학교 때니까 지사토 누나도 그 후로 처음 보는 셈이다. 후나도 고등학교에 다닌다고 했으니 지사토 누나가 아니라 지사토 선배라고 불러야 하나? 겐고는 얼굴이 각졌지만 지사토 선배는 그렇지도 않다. 다만 생김새가 뚜렷한 건 많이 닮았다. 겐고는 '탄탄하고 강인한' 인상이지만, 지사토 선배의 경우 '이목구비가 화려한 사람'이라는 느낌이다. 하이힐이 잘 어울릴 것 같다. 지금, 그 입은 아래로 비죽 꺾여 있었다.

"……뭐해?"

오사나이에게 물었는데 지사토 선배가 대답했다.

"바보 겐고가 우리에게 도전했어!"

네?

내가 어지간히 얼빠진 표정을 지었는지 오사나이가 피식 웃었다. 지사토 선배는 팔짱을 풀더니 싱크대를 똑바로 가리켰다.

"싱크대가 말라 있어!"

"하아."

"게다가 저기 놓여 있는 건 스푼 하나뿐."

싱크대를 들여다보았다. 말마따나 작은 스푼 하나뿐이다. 끝에 초콜릿색 액체가 묻어 있다. 당연히 코코아 가루를 녹이는 데 사용한 스푼이리라.

"그게 뭐 잘못되었나요?"

지사토 선배는 머리카락을 쓸어 올렸다.

"둔하네. 겐고가 너희한테 코코아를 끓여줬잖아?"

코코아는 끓인다고 하지 않는다. '끓인다'는 표현은 '적신다'는 의미가 있으니 녹차에는 당연히 쓸 수 있고, 커피에도 쓰지 못할 표현은 아니다. 하지만 코코아에는 걸맞지 않다. 물론 입 밖에는 내지 않는다. 이런 걸 '뱃속이 시커멓다'고 한다면 나도 억울하다.

"그러네요. 아니, 어떻게 알고 있는 거죠?"

"이야기하다가 내가 말했어……."

오사나이의 작은 목소리. 겨우 코코아를 대접받은 걸 말했다고 그렇게 꺼림칙한 짓을 한 사람처럼 굴 필요는 없는데.

"코코아, 그것도 우유를 사용한 밀크 코코아라면……."

지사토 선배는 그렇게 말하며 넓은 부엌 전체를 가리키듯 손을 펼쳤다.

"여기에는 당연히 편수 냄비가 있어야만 해."

아아, 무슨 소린가 했더니. 밀크 코코아를 만들려면 우유를 데워야만 한다. 그렇다면 우유를 데운 냄비가 있어야 마땅하다. 꼭 편수 냄비가 아니더라도 중국 냄비든 솥 냄비든 사용하는 데는 문제가 없겠지만.

"씻었겠지요."

내가 밑도 끝도 없이 그런 소리를 하자 대뜸 지사토 선배가 나를 손가락질했다.

"둔하다니까! 싱크대는 말라 있다고!"

기운이 넘치네…….

겐고와 나눈, 솔직히 말해 즐겁지는 않았던 대화 때문에 나는 마음이 조금 상해 있었다. 거기에 지사토 선배의 과도한 기운까지. 스스로도 뜻밖이었지만 의외로 마음이 편해졌다. 쓴웃음이 떠올라, 그 덕분에 우울한 기분은 제법 누그러들었다. 웃음이 좋다는 얘기는 들었는데, 종류는 상관이 없는 모양이다.

"싱크대를 적시지 않고 뜨거운 밀크 코코아를 만든다…….
그게 가능할까?"

"글쎄요? 겐고가 머리를 굴렸나 보네요."

"그럼 지금 네게 똑같이 해보라고 하면……."

"못 합니다."

"나도 마찬가지야. 저 애도 그렇고."

손가락질을 받은 '저 애'가 작게 끄덕였다. 지사토 선배가 쭉 뻗은 손가락을 거두어 주먹을 불끈 쥐더니 부들부들 떨었다.

"……용서 못 해."

용서 못 하다니?

"고바토라고 했지? 겐고하고 소꿉친구지?"

"예, 뭐."

"바보 겐고가 할 수 있는데 우리가 못 하다니 분하지 않아?"

"그건 분하네요."

반사적으로 말해놓고 아차 싶었다. 진심이 새어 나왔다. 오사나이가 나직하고 날카롭게 외쳤다.

"고, 고바토!"

지사토 선배는 대단히 만족스러운 표정이었다.

"그렇지? 그렇지? 그럼 나하고 함께 겐고의 행동을 파헤쳐보자고."

일이 묘하게 되어버렸다. 하지만 한번 내뱉은 말을 도로 주워 담는 것도 꼴불견이다. 애초에 겐고가 짜낸 꾀라면 머리를 굴리면 충분히 풀 수 있다. 시험 삼아 해볼 만하다.

어려운 문제는 아니다. 냄비를 쓰지 않고 우유를 데우면 된다. 이 부엌은 넓지는 않지만 전기 제품은 잘 갖춰져 있다. 당연히 그게 있을 터.

한 바퀴 둘러보자 역시나 있었다. 전자레인지. 생각보다 크다.

"저 전자레인지, 크네요."

그렇게 말하자 지사토 선배는 의기양양하게 가슴을 폈다.

"홈베이킹에 쓰려고. 오븐도 돼."

얌전히 있던 오사나이가 선망의 시선으로 레인지를 바라보았다.

"……이 레인지라면 스펀지케이크도 8호까지 들어가겠네요."

"그래서 전자레인지로 우유를 데웠다고 생각하는 거군, 너는."

어딘가 조롱 어린 말투를 의식하면서 나는 고개를 끄덕였다.

"전자레인지를 쓰면 냄비는 필요 없으니까요."

"대신 금속이 아닌 그릇이 필요하지. 세라믹이든 플라스틱이든, 여기에는 이것저것 많지만 말이야. 거기 그릇 정도면 딱이네. 하지만 너 정말 둔하구나? 이걸로 세 번째지만, 싱크대는 말라 있었어."

그런가. 별 차이가 없구나.

아니, 꼭 우유를 한꺼번에 데우라는 법은 없다. 나는 손가락을 세 개 세웠다.

"그렇다면 이겁니다. 커피잔을 세 개 준비한다. 우유를 붓는다. 전자레인지에 돌린다. 뜨거운 우유 세 잔이 완성되지요."

오사나이가 조용히 지적했다.

"고바토, 우리가 마신 건 뜨거운 우유가 아니야……."

"그렇지, 코코아야. 그러니까 그 위에 코코아 가루를 스푼으로……."

"고바토, 우리가 마신 건 그냥 코코아가 아니야……."

무슨 소리냐고 물으려다가 깨달았다. 그렇다, 겐고가 우리에게 대접한 건 그냥 코코아가 아니다. '맛있는 코코아'다. 만드는 방법은 방금 들었다. 코코아 가루가 든 컵에 뜨거운 우유를 조금 붓는다.

다시 말해 최종적으로 코코아가 든 그릇과, 거기에 우유를 부을 그릇이 필요하다는 뜻이다.

하지만 싱크대는 말라 있다. 나도 모르게 소리가 새어 나왔다.

"……우와."

지사토 선배가 팔짱을 꼈다.

"문제를 인식한 것 같네. 그래, 바보 겐고가 대체 무슨 짓을 한 거지? 만약 다른 그릇을 쓰지 않았다면, 그러니까 커피잔에 우유를 넣어 전자레인지에 돌렸다면 컵은 여섯 개가 필요해."

사소한 문제지만, 정정한다.

"아니, 네 개면 돼요. 우유를 세 잔 데우고, 그것과는 별개로 '맛있는 코코아를 타기 위한 컵'을 준비합니다. 그걸로 코코아 가루를 녹이면 코코아가 한 잔 완성되고, 컵이 하나 비죠. 이걸 세 번 반복하면 세 잔의 '맛있는 코코아'가 완성돼요."

또다시 정정이 들어왔다.

"아니야, 고바토. 그렇다면 처음 한 잔을 만든 시점에서 스푼이 젖어버려. 코코아 가루를 봉투에서 세 번 떠내야 하니까, 그렇다면 싱크대에 스푼이 두 개 있어야 해……."

아까까지 소극적인 태도였으면서 오사나이는 지사토 선배가 던진 수수께끼와 내 고집에 어울려줄 모양이다. 마음속으로 감사의 기도.

"겐고 성격에, 젖은 스푼을 코코아 가루 속에 넣는 칠칠치 못한 짓쯤이야 하고도 남을 거야. 만일 그렇지 않았다고 해도

'우유를 데울 컵'을 하나 준비하고, 코코아 가루를 넣은 컵을 세 개 준비해서, 우유를 데워 코코아 가루가 든 컵에 붓는 작업을 세 번 하면 그만이지."

이 방법이라면 전자레인지를 세 번 써야 하니 괜한 수고가 느는데. 설마 이건 아니겠지.

지사토 선배가 질렸다는 듯이 고개를 저었다.

"아니, 너희 헛수고하고 있다니까. 그것도 어쨌든 커피잔을 네 개 써야 하잖아? 실제로는 세 개밖에 안 썼다고."

으음. 고개를 갸웃거리고 말았다.

하지만 지금 대화는 결코 헛수고가 아니었다. 방향성이 보였다. 나는 두 사람을 앞에 두고 중얼거렸다.

"흐음, 이건 제 생각에 문제를 다시 파악하면 해결할 수 있는 사안 같네요."

"응? 문제를 다시 파악해?"

"아니, 저는 처음에 이렇게 생각했어요. '최종적으로 코코아가 든 그릇이 있고, 거기에 뜨거운 우유를 부을 그릇이 필요하다. 그런데 그게 보이지 않는 이유는 무엇인가?' 하지만 실제로는 '세 잔의 뜨거운 우유와, 그것을 코코아 가루와 섞기 위한 우묵한 우유 접시 같은 존재가 필요하다. 그게 없는 이유는 무엇인가?'라고 생각해볼 수도 있지요. 그런 식으로 문제를 다시 파악한다는 겁니다."

"오오."

지사토 선배가 의미심장하게 웃었다. 그 웃음이 마음에 걸렸지만 그보다 나는 주어진 문제에 강한 흥미를 느꼈다.

잠깐. 지금까지의 결론으로는 세 잔의 코코아에는 네 개의 그릇이 필요하다. 하지만 실제로 사용된 그릇은 세 개였으니, 그런가.

"어쩌면 이런 게 아닐까?"

두 사람이 내게 주목했다.

"그러니까…… '맛있는 코코아'는 두 잔이었어. 나머지 한 잔은 뜨거운 우유에 코코아 가루를 집어넣은, 가루가 남는 기존의 코코아였다면?"

이거라면 지금 이야기한 두 가지 방법 어느 쪽을 써도 두 잔의 맛있는 코코아와 한 잔의 평범한 코코아가 완성된다.

오호라, 하고 지사토 선배가 반응해주었다. 하지만 오사나이는 허공을 두리번거리다가 힘없는 시선을 내게 던졌다. 부정하고 싶지만 내키지 않는 걸까? 오사나이가 왜 저러나 생각하다가 그 답을 깨달았다.

"아니, 죄송합니다. 이건 아니겠네요."

"왜? 겐고가 자기 몫만 대충 만들었다는 얘기는 제법 그럴

싸한데."

"지사토 선배는 그 자리에 없었으니까 그렇게 느끼는 거예요. 우리는 쟁반에 있던 세 잔의 코코아에서 각자 임의로 자기 몫을 받았어요. 겐고가 가장 먼저 챙긴 것도 아니었고요."

유도 마술 같은 트릭이 있다면 우리가 '당첨' 코코아를 고르게 할 수 있었으리라. 하지만 닭 잡는 데 소 잡는 칼을 쓰는 격이랄까, 코코아를 타는 데 그런 테크닉을 구사할 필요는 전혀 없다. 무엇보다 겐고에게 그런 재주가 있을 것 같지가 않다.

그렇다면 역시 세 개의 그릇으로 세 잔의 코코아를 만들어야만 한다.

으음, 겐고, 무슨 짓을 한 거냐. 스마트한 모습은 한 번도 보여준 적 없으면서.

침묵이 이어졌다. 세 잔의 코코아, 맛있는 코코아, 단어들이 머릿속을 날아다닌다. 뇌가 카카오에 물들기 전에 오사나이가 중얼거렸다.

"뜨거운 우유 두 잔으로 세 잔의 밀크 코코아를 만들 수는 있어……."

"어?"

나와 지사토 선배가 깜짝 놀라 돌아보나 오사나이가 순간 당황한 듯 주위를 둘러보았다. 아마 가림막을 찾은 것이리

라. 하지만 이곳은 탁 트인 부엌, 오사나이는 어디에도 숨지 못한 대신 몸을 움츠리고 고개를 숙인 채 가녀린 목소리로 말했다.

"우유를 넣은 커피잔 두 개를 전자레인지에 넣어서 두 잔의 뜨거운 우유를 만드는 거야. 그리고 빈 컵을 또 하나 준비해서, 그 안에서 코코아 가루를 녹여 맛있는 코코아를 두 잔 만들어. 여기까지는 고바토가 처음에 한 설명하고 같아. 그런 다음 그 두 잔에서 3분의 1씩 빈 컵에 따르는 거야. 그러면 세 개의 잔에 세 잔의 맛있는 코코아가 채워져."

그렇다. 하지만…….

'하지만' 다음에 이어질 말은 오사나이가 직접 말했다.

"하지만 그러면 어느 컵에도 코코아를 육십육 퍼센트 정도밖에 못 넣어. 우리가 받은 코코아는 세 잔 다 컵에 넘칠 만큼 차 있었어……."

"그걸 알면서 왜 말하는 거야?"

지사토 선배의 지당한 말에 오사나이는 얼굴을 붉혔다.

"이야기를 이어나가려고……."

애틋하다. 너무나 애틋하다.

내가 마음속으로 감동의 눈물을 쏟아내고 있을 때 지사토 선배가 별안간 버럭 소리를 질렀다.

"앗! 알았다! 그거야, 쪼끄만 애가 말한 대로야!"

"쪼끄만 애……."

호칭이 마음에 들지 않았는지 오사나이가 중얼거렸다. 지사토 선배는 아랑곳없이 빠르게 말했다.

"지금 그 방법을 쓰면 세 개의 컵으로 세 잔의 코코아를 만들 수는 있어. 남은 문제는 양이잖아. 그렇다면 미리 진한 코코아를 타놓고 나중에 우유를 더하면 그만이야."

바로 반론했다.

"미지근해지잖아요. 저희가 받은 코코아는 바로 마실 수 없을 정도로 뜨거웠어요."

"그 후에 전자레인지로 데우면 되잖아. 그러면 뜨거워지지."

뭐, 확실히 그렇게 하면 세 잔의 맛있는 코코아를 세 개의 그릇으로 만들지 못할 것도 없다. 하지만, 하지만!

"우유를 두 잔 데워서 코코아를 만들어 세 잔으로 나누고, 우유를 더해서 다시 데운다. 품이 너무 많이 들어요."

"우리한테 도전한 거지."

"설마요. '코코아를 어떻게 만들었는지 맞혀봐' 하고 겐고가 문제를 냈다면 또 몰라도, 굳이 보여줄 것도 아닌 작업에 그렇게 귀찮은 수고를 들이다니 도저히 그럴 것 같지 않은데요."

지사토 선배는 끙끙 신음하더니 입을 다물었다. 다시 팔짱을 끼고 있다.

"이걸로 세 개의 컵으로 세 잔의 맛있는 코코아를 만들 수 있게는 되었는데. 하지만 역시 바보 겐고보다 효율이 나쁘다는 게 마음이 안 들어……. 아아, 정말, 어째서 코코아는 가루인 거지!"

시비에 가까운 말. 하지만 나는 그 말에 번쩍 정신이 들었다.

"그런가! 이럴 수가. 착각했던 걸지도 몰라."

"응? 착각?"

"그래요. 저는 겐고가 코코아 가루로 코코아를 만들었다고 생각했어요. 하지만 만일 제가 모르는 코코아 원액 같은 게 있었다면……."

지사토 선배가 어깨를 푹 늘어뜨렸다. 나른한 걸음으로 냉장고로 다가가더니 문을 열었다. 냉장고 문 안쪽, 계란 넣는 자리 밑에 놓인 우유팩 옆에 코코아색 봉투가 있었다.

"평범한 코코아 가루야."

오사나이가 덧붙였다.

"반 호텐 거."

그랬다. 여기에 있는 건 분명 평범한 코코아 가루다.

"그런데 왜 냉장고 안에 있어요?"

"건조 상태를 유지하기 위해서겠지, 아마. 겐고가 하는 짓이니 별로 깊은 의미는 없을 거야."

아하, 그렇군. 전병을 냉장고에 넣어두면 눅눅해지지 않는다는 말을 들어본 것 같기도 하다. 요즘 냉장고는 그렇지 않다는 말도 들었던 것 같지만.

어쨌든 이로써 코코아 재료에 보통 사람은 알 수 없는 무슨 비밀이 있는 건 아니라는 사실도 알았다. 으음, 이거 드디어 벽에 부딪혔나.

오사나이가 조심스레 진언했다.

"모르는 게 마음에 걸린다면…… 직접 물어보면 되지 않을까요?"

지사토 선배의 대답은 신속했다.

"기각."

선배만큼 칼 같이 단언할 수는 없지만 나도 비슷한 심정이었다. 반쯤 장난이라고는 해도 여기까지 왔는데. 어딘가 돌파구가 없을까? 겐고가 마법을 부린 것도 아닐 텐데. 네 개의 그릇이 필요한 일을 세 개의 그릇으로 끝내는 방법. 총알 하나로 두 사람을 쏘는 마법은 없는 걸까? '세 잔의 뜨거운 우유와, 그것을 코코아 가루와 섞기 위한 우묵한 우유 접시 같은 용기가 필요하다. 그게 없는 이유는 무엇인가?' 문제 제시가 잘못된 거다. 어딘가에 불필요한 선입관이 있다.

고민에 빠진 나를 오사나이가 가만히 바라보았다.

지사토 선배는 천천히 부엌 안을 돌아다니고 있다.

"어째서 싱크대가 말라 있는 거지? 컵에도 접시에도 물기가 없는데. 설거지를 해서 물기를 전부 닦아냈다? 하지만 스푼은 남아 있어."

싱크대는 말라 있다. 집에 사는 사람이 그 사실에 집착하는 이상, 설마 눈에 보이지 않는 곳에 식기세척기가 숨어 있을 리는 없겠지.

나는 발밑을 바라보며 생각에 몰두했다. 지사토 선배에게 장단을 맞추는 게 아니다. 겐고에 대한 대항심도 물론 아니다. 생각하는 게 즐거웠다.

싱크대는 젖어 있어야만 했다. 네 번째 그릇을 씻어서 말리고, 코코아를 만드는 데 사용하지 않은 것처럼 꾸미려면. 겐고가 우리 눈을 속이려고 싱크대를 닦아냈을 리는 없고. 싱크대를 사용하지 않았다면 네 번째 그릇은 아직 젖어 있어야 한다는 뜻이다. 젖어 있는 물건이라면 눈치 못 챌 리가 없다.

……아니?

"젖어 있는 물건이라면 눈치 못 챌 리가 없다."

나는 내 생각을 소리 내어 말해보았다. 생각이 정리될 것 같다.

"……고바토."

"다시, 문제는 이렇게 바꿔 말할 수도 있어. '맛있는 코코아를 세 잔 만들기 위해서는 젖은 물건이 네 개 필요하다. 네 번째 물건은 무엇인가?' 코코아로 젖은 커피잔이 세 개. 나머지 하나는, 씻었다면 물에 젖어 있겠지. 씻지 않았다면……."

틀림없다. 그렇다, 이거다. 문제는 올바르게 치환되었다. 답은 명확했다.

고개를 힘차게 들었다.

"지사토 선배!"

"뭐, 왜?"

"냉장고를 열어주세요."

내 기세에 당황하면서도 지사토 선배는 부탁을 들어주었다. 괜찮을까? 시간으로 볼 때 아직 증거로 유효할 것이다.

"열었어. 그런데 왜 그래?"

나는 냉장고 안의 한 지점을 가리켰다.

"우유팩을 한번 들어보세요."

봄철 한정 딸기 타르트 사건

지사토 선배는 시키는 대로 우유팩을 만졌다가 손가락을 쏙 거두었다. 예상치 못한 촉감에 신음까지 토해냈다.

"이거……."

"뜨겁죠?"

해방감과 성취감. 나는 번지는 미소를 억누를 수 없었다.

겐고는 우유를 팩째 전자레인지에 넣어 가열했던 것이다. 케이크도 구울 수 있는 대형 전자레인지라면 크기도 충분하다. 금속 용기에 들어 있다면 물론 전자레인지로 데울 수 없다. 하지만 상식적으로 생각할 때 종이는 전자파를 차단하지 않는다. 네 번째 젖은 물건은? 정답, 우유팩.

나는 천장을 올려다보았다. 후우, 깊은 한숨이 나왔다.

지사토 선배가 주먹을 부들부들 떨며 외쳤다.

"저 게으름뱅이가!"

4

　화장실에서 한참이나 돌아오지 않았던 우리에게 겐고는 꽤
나 화를 냈다. 뭘 하느라 늦었느냐고 묻기에 우리는 솔직하게
지사토 선배와 이야기를 나누었다고 대답했다. 무슨 이야기
를 했느냐고 거듭 묻는 통에 수수께끼를 풀었다고 대답했다.

　그 후로는 무난한 담소. 오사나이가 있으니 겐고도 민감한
이야기는 꺼내지 않았다. 너무 늦기 전에 물러났다.

　저녁이 되기에는 아직 이른 귀갓길. 나는 지사토 선배의
말을 떠올렸다.

　─제법인데, 너! 초등학생 꼬마일 때부터 머리는 잘 돌아
간다고 생각했는데.

— 겐고가 널 걱정하더라. 하고 싶은 말도 하지 않고, 묘하게 체면만 차린다고.

— 하지만 괜한 걱정이었나 보네. 너, 충분히 잘해나가겠어.

— 꽤 괜찮은 반응이었어. 아주 물 만난 고기 같던데?

— 사이좋게 지내렴. 바보 같은 동생이지만.

괜찮은 반응. 물 만난 고기. 둘 다 소시민에는 어울리지 않는다.

오사나이는 아까부터 말이 없었다. 눈도 마주치려 하지 않는다. 내가 무슨 말실수라도 했나? 마음 상할 만한 짓이라도 한 걸까? 그런 소시민적인 동요가 이윽고 내게 돌아왔다. 하지만 나는 알고 있었다. 오사나이가 잠자코 있는 이유를.

오사나이의 맨션 앞에서 인사 한마디로 헤어질 분위기다. 이대로 잠자코 돌아가면 월요일에 한층 거북해질 것 같다. 나는 자그마한 뒷모습의 오사나이를 불러 세웠다.

"있지, 오사나이."

"……."

"괜찮아. 이런 짓은 이제 안 할 거야. 일요일이니까, 조금 들떴던 것뿐이야."

긴 스커트를 펄럭이며 오사나이가 뒤를 돌아보았다. 그리고 웃었다. 힘없이. 물론 고등학생 오사나이의 미소는 대개 힘이 없지만.

"무슨 말인지 모르겠네."

"오사나이."

"우리는 약속을 했어. 하지만 고바토가 어떤 사람이 될지까지 규정한 건 아니야. 오늘 고바토는 처음 만났을 때 같았어. 그쪽이 즐겁다면 그런 고바토가 되면 되잖아. 난 신경 안 써."

그렇다. 우리의 상부상조 약속은 그걸 위해 모든 것을 버려야만 할 정도로 우선순위가 높은 것은 아니다. 소시민이 되는 것은 공통의 목적이지만 상대가 그만두겠다고 하면 말릴 이유는 하나도 없다.

하지만 지금은 아직, 그만둘 생각이 없다. 나는 말했다.

"일요일이라 그래. 너무 놀았어. 그뿐이야. 나는 이제 머리싸움은 그만뒀어."

잠시 동안 오사나이는 나를 바라보았다. 그 시선이 마치 관찰하는 것처럼 느껴지기 시작했을 때, 오사나이는 작게 고개를 끄덕였다.

오사나이가 집으로 사라졌다.

나는 조금 더 거리를 산책하련다. 강가를 조금 걸어야겠다.

The Special
Strawberry Tart
Case

배
탈

1

  엽록체의 기질로, 암반응인 캘빈-벤슨 회로의 기본이 되는 부분을 뭐라고 부를지, 그것이 문제였다. 분명 외웠는데 통 생각이 나지 않는다. 다시 말해 기억이 나지 않았다.

  그 문제만 빼고는 빈칸을 대충 채웠다. DNA 내부의 ATGC 네 종류 단백질로 이루어진 것이 뉴클레오티드였는지 뉴레클오티드였는지 헷갈리거나, 그 밖에도 감과 운에 내맡긴 선택 문제가 있기도 했지만 일단 답은 적어 넣었다. 남은 문제는 정말, 캘빈-벤슨 회로의 기본 하나뿐이다. 첫 한 글자만 알면 대번에 떠오를 것 같은데. 가. 나. 다. 안 되겠다, 시간이 없다. 뛰어넘자. 아. 야. 어. 의미가 없다. 아아, 분명히 외웠는데. 힘내라, 해마. 이어져라, 뉴런. 하는 김에 시간도

멈춰준다면 금상첨화겠다.

하지만 해마도 뉴런도 시간도 생각대로 되지 않았다. 종이 울리고 제한 시간 종료.

"그만. 연필 내려놓고 뒤에서부터 걷어와."

시험 감독이 말했다. 시험 때는 이름 순서대로 자리를 바꾸는데, 내 자리는 교실 맨 뒷줄이었다. 하는 수 없이 포기하고 빈칸이 남은 답안지를 앞으로 보냈다. 딱히 좋은 점수를 받고 싶은 건 아니지만 기억에 걸려서 답이 나오지 않는 건 너무 분하다.

어쨌든 이번 '이과 Ⅰ' 시험을 끝으로 중간고사가 끝났다. 같은 반 아이가 기다렸다는 듯이 창문을 활짝 열었다. 기분 좋은 상쾌한 바람이 들어왔다. 뭐, 끝나버린 일은 어쩔 수 없지. 시간은 12시. 밤샘 공부를 한 건 아니지만 어젯밤은 조금 늦게 잤으니 일찍 돌아가서 낮잠이나 즐겨볼까.

집으로 돌아가 가벼운 점심을 먹었다. 편한 옷으로 갈아입고 침대에 드러누웠다. 꾸벅꾸벅 졸면서도 설마 잠들 줄은 몰랐는데 전화벨 소리에 눈을 뜨니 삼십 분 가까이 지나 있었다. 깊이 잠들었던지 머리가 이상적으로 맑았다. 지금이라면 스트로마든 스트로마톨라이트든 간단히 기억해낼 수 있을 것

같다. 사실 스트로마가 맞다. 캘빈-벤슨 회로. 이미 늦었지
만. 아니, 그보다 전화를 받아야지.

가벼운 걸음으로 거실로 나가 따르릉 울려대는 전화를 받
았다. 상대는 오사나이였다.

"어, 무슨 일이야?"

"응, 있지⋯⋯."

목소리에 기운이 없었다. 익숙하지 않은 사람 귀에는 오사
나이의 말투가 늘 기운이 없는 것처럼 들리겠지만 상당히 미
묘한 차이가 있다.

"지금 할 일 있어?"

"아니, 없는데."

"그렇구나."

안도한 듯 내쉬는 숨소리.

"저기, 잠깐 나올 수 있어?"

별일도 다 있다. 집으로 돌아간 오사나이가, 마찬가지로
집으로 돌아온 나를 불러내다니. 뭐, 시험도 끝났고 잠도 깼
으니 어지간하면 응할 생각으로 밝게 대답했다.

"좋아, 어디?"

"응⋯⋯."

오사나이는 묘하게 뜸을 들이더니 기어들어가는 목소리로

말했다.

"험프티 덤프티."

뭐? 수화기를 쥔 손에 무심결에 힘이 들어갔다.

"설마, 험프티 덤프티는 분명."

"말하지 마. ……아무 말도 하지 마."

그런가, 뭔가 사정이 있는 걸까. 그렇다면 어쩔 수 없다. '험프티 덤프티'를 봉인한 것은 오사나이였다. 그런 오사나이가 가기로 결심했다면 내가 말릴 문제는 아니다.

"알았어. 이유는 안 물을게. 그래, 어떻게 할래?"

"3시에 가게 앞에서 만날까?"

나는 시계를 흘깃 보았다. 시간은 있다. 승낙하고 전화를 끊었다.

옷을 갈아입고 채비를 마친 뒤 자전거를 꺼내 집을 나섰다. 봄옷을 입기에는 조금 덥지만 여름옷을 입기에는 조금 추운, 애매한 날씨다. 중간에 지갑이 얇은 걸 깨닫고 은행에 들렀다. 그렇게 볼일도 보면서 느긋하게 갔는데도 붉은 벽돌로 지은 작은 가게 앞에 약속 시간보다 일찍 도착했다. 동백나무 화단으로 둘러싸인 과자집 같은 벽돌 건물. 야트막한 삼각 지붕 위로 튀어나온 굴뚝이 참 앙증맞다. 소시민 남성이 혼자서 들어갈 만한 가게는 아니다.

덧붙여 말하자면 케이크 가게다. 가게 간판을 보는데 경쾌한 노란 글씨체로 험프티 덤프티라고 적힌 것을 보니 나도 모르게 웃음이 나왔다. 케이크숍 험프티 덤프티. 일본어로 바꾸면 엎질러진 물 양과자점이 되려나. 한입의 디저트를 주저하기에 충분히 인상적인 이름이다. 이전의 봄철 한정 딸기 타르트 가게도 앨리스였지만 이 동네 디저트 가게 주인이 모두 도지슨의 팬은 아니다. 앨리스에 얽힌 가게 이름은 내가 아는한 이 두 곳이 전부다. 엄밀히 따지면 험프티 덤프티의 유래도 앨리스가 아니라 머더 구스일지도 모른다. 그래도 카페 재버워커라는 가게가 있다면 그건 그것대로 재미있을 것 같다.

메뉴는 주로 단맛이 강하고, 버터나 브랜디 같은 풍미도 비교적 뚜렷하다. 그렇지만 거칠지도 않은 오묘한 밸런스 때문에 오사나이가 무척 좋아하는 가게다. 너무 좋아하는 나머지 과식을 하기 때문에 오사나이는 이 가게에 두 번 다시 오지 않겠다고 굳게 결심했는데. 참고로 그렇게 결심하고 마지막으로 먹으러 왔을 때도 나는 따라왔다. 그때 먹어치운 케이크의 부피는 분명 오사나이의 위장보다 컸다.

그런 기억을 떠올리며 실실 웃고 있는데 누가 뒤에서 불렀다.

"혼자 웃고 있네······."

자전거가 서는 소리도, 발소리도 들리지 않았는데. 뒤를 돌아보며 억지웃음을 지어냈다.

"아아, 언제 왔어?"

"방금 전에."

오사나이의 표정은 딱딱했다. 이거 정말 무슨 일이 있었구나.

"가자."

오사나이는 한마디만 하고 재빨리 가게로 들어갔다. 한숨을 쉬며 뒤를 쫓아가려는데 문에 붙은 작은 전단지가 보였다. 금일 2시부터 5시까지 케이크 뷔페 1인 1500엔.

그래, 뷔페였구나…….

가게 안에는 음악 소리가 없었다.

"나, 스탠더드 시폰 케이크하고 커피."

먼저 시폰 케이크로 준비 운동인가 했는데,

"……그리고 밀푀유하고 판나코타하고 딸기 쇼트 케이크."

다짜고짜 전력질주입니까.

나는 우선 커피를 시키고, 함께 왔으니 케이크도 먹어야 할 것 같아 몽블랑을 주문했다. 두 개까지는 먹지 못할 테니

뷔페가 아니라 단품으로 시켰다. 2인용 테이블에 앉은 뒤에야 밤이 나올 철도 아닌데 이왕 시키는 거 계절에 맞는 케이크를 시킬걸 그랬다고 후회했다. 오사나이가 굳이 같은 딸기가 들어가는 밀푀유와 쇼트 케이크를 주문한 이유는 그런 생각 때문이었나. 심오하다.

그렇지만 테이블에 나온 몽블랑도 먹을 만했다. 먹을 만했지만, 예상대로 하나만 먹어도 배가 불렀다. 커피를 홀짝홀짝 마셨다. 오사나이는 판나코타를 눈 깜짝할 사이에 해치우더니 밀푀유의 파이 부분을 자르기 시작했다. 먼저 옆으로 쓰러뜨리더니 세로 방향으로 나이프를 꽂았다. 잘라낸 파이 조각을 포크로 찌른다. 입술을 살짝 깨물고 말없이. 기분 탓인지 나이프와 포크에도 필요 이상으로 힘이 실린 것 같았다.

나는 웃음을 머금고 물어보았다.

"무슨 일 있었어?"

"아니."

즉답. 밀푀유 조각을 푹 찌르는 오사나이. 물론 오사나이는 내가 어떤 이야기를 들어주길 바라고 있다. 그래서 나를 부른 것이다. 혼자서 케이크 가게에 들어가지 못할 만큼 오사나이는 주변 없는 아이가 아니다. 하지만 순순히 털어놓을 마음은 없는 모양이다. 내가 눈치가 없었다. 커피를 홀짝 삼켰다.

"시험은 어땠어?"

화제를 바꿀 요량으로 물었다. 잡담을 하다 보면 오사나이의 입도 가벼워질 줄 알고 계절에 맞는 화제부터 꺼냈는데 말하기가 무섭게 오사나이가 포크를 멈추고 접시 위의 밀푀유를 들여다보던 눈을 슬쩍 치떴다.

"응. 그럭저럭 괜찮았어."

"그래. 그거 다행이다."

"하지만 말이야⋯⋯."

오사나이는 마지막 밀푀유 조각을 입에 넣으면서 동시에 시폰 케이크를 끌어당겼다.

"마지막 이과 I 에서 조금⋯⋯."

나는 맞장구를 쳤다.

"흐음, 신기하네. 나도 이과 I 에서 문제 하나가 생각이 안 나더라고."

"나도. 가물가물 기억날 것 같았는데."

오사나이는 다른 케이크에 비해 큼직한 시폰 케이크에 단숨에 나이프를 꽂았다.

"펩톤하고 단백질을 폴리펩티드로 바꾸는 효소 문제였어. 펩티다아제가 먼저 떠오르더니 그것 말고는 아무것도 생각이 안 나는 거야."

뭐, 흔한 이야기다.

"정말 거의 기억해냈어. 시험이 끝나기 직전에. 하지만 그
때……."

생각만 해도 분하다는 듯이 오사나이는 한입에 먹기에는
너무 큰 시폰 케이크를 반으로 잘랐다. 시폰 케이크 반쪽이
휘청 기울더니 접시에 쓰러졌다.

"유리가 깨졌어."

"응?"

쓰러진 시폰 케이크 한 조각을 포크로 찔러 입으로 가져간
다.

"교실 뒤 사물함에서 영양제병이 떨어져 깨지는 바람에 쨍
그랑하고 큰 소리가 났어. ……그래서 전부 잊어버렸어. 시
험이 끝난 뒤에 치우느라 고생했어. 빈병이었지만."

"고생했겠다."

오사나이는 또 눈을 흘깃 치뜨고 나를 쳐다보았다. 이번에
는 속내를 살피듯이 가만히. 그리고 내 말이 더 이어지지 않
을 것을 알았는지 작게 한숨을 쉬었다.

"그래서 왠지 슬퍼져서…… 고바토를 찾았어."

왠지 이야기가 비약한 것 같은데.

하지만 조금 생각하니 설명이 부족할 뿐이지 비약은 아니

라는 사실을 깨달았다. 어쨌든 오사나이는 '슬퍼져서' 나를 찾은 건 아니다. 내기를 해도 좋다, 그녀의 본심은 '화가 나서'가 맞다. 절대 그렇게 말하지 않겠지만.

나는 시치미를 뗐다.

"어, 시험이 끝나고 계속 찾았어?"

"응."

세상에, 그랬구나. 그렇다면 어쩌면 오사나이는 점심도 안 먹었을지 모른다. 술 들어가는 배가 따로 있고, 장기를 두는 머리가 따로 있고, 디저트가 들어가는 배가 따로 있다지만, 배를 곯은 오사나이가 케이크 뷔페에 도전하고 있는 거라면 이 결말은 흥미진진하다. 아니, 그건 됐고.

"찾으려면 휴대전화로 문자라도 보내지 그랬어."

그러자 오사나이는 원망스러운 듯이 중얼거렸다.

"보냈어. 답장은 못 받았지만."

"어?"

황급히 주머니를 뒤졌다. 없다. 어디에도. 생각해보니 교복 주머니에서 꺼낸 기억이 없다. 아니, 주머니 속에 있기는 한가? ……아아, 그런가.

"아, 휴대전화, 학교에 있어."

"그래?"

봄철 한정 딸기 타르트 사건

"응. 시험 전에 전원을 끄고 책상 속에 넣었는데 잊고 있었네."

"그렇구나."

오사나이는 포크와 나이프를 내려놓고 고개를 들었다.

"……가지러 갈 거야?"

으음.

뭐, 상관없겠지. 나는 고개를 끄덕였다.

"응. 잠깐 다녀올게."

"난 여기서 케이크 먹고 있을게."

오사나이는 그렇게 말하더니 다시 시폰 케이크 조각을 자르기 시작했다. 달콤한 디저트에 탐닉하는 오사나이를 구경하는 것도 어떤 의미로는 재미있지만 지금은 빨리 해야 할 일을 마치고 와야겠다.

간단한 일이다. 내 생각에 이건 현장 검증으로 해결될 일이다.

2

험프티 덤프티는 후나도 고등학교에서 북동쪽으로 조금 떨어진 곳에 있다. 후나도 고등학교도 동네 북쪽 변두리에 있지만. 자전거로 가면 학교까지 오 분이면 된다.

중간고사가 끝나고 동아리 활동도 다시 시작되어 후나도 고등학교 운동장에서는 야구부와 육상부가 연습을 하고 있었다. 중앙 현관도 활짝 열려 있다.

일단 4층으로 올라가 교실에서 휴대전화를 찾았다. 짐작했던 자리에 있었다. 전원을 켜고 문자를 확인했다.

케이크 먹자.

어디야?

전원 꺼놨나 보네.

고바토?

……괜히 미안하다.

휴대전화를 주머니에 넣고 또 다른 용무를 처리하러 갔다. 오사나이는 1학년 C반이다. 사복으로 학교에 온 게 께름칙해서 누구와도 마주치지 않기를 바라며 복도를 지났다.

간절한 기도 덕분인지 복도에 인적은 없었다. C반 교실에도 아무도 없다. 실례합니다, 하고 장난스럽게 종알거리며 안으로 들어갔다.

교실 구조는 어디든 똑같다. 칠판, 교단, 교탁, 잔뜩 늘어선 책상과 의자, 청소 도구함에 사물함. 하지만 묘한 느낌이다.

우리 반이 아닌 교실에 초대 없이 들어가는 행동은 왠지 떳떳하지 못했다. 그것만으로도 나쁜 짓을 하는 기분이 든다. 내가 소시민이라 그럴지도 모르지만, 아무래도 그건 아닌 것 같다. 기억을 더듬어보면 소시민이 되기 전부터 다른 반에 들어가는 것은 거북했다. 뭔가 미묘한 심리 작용이 있는 것이리라.

재빨리 눈을 굴렸다. 남한테는 들키고 싶지 않은 모습이다. 특히 겐고한테는 들키기 싫다는 생각을 했다. 겐고가 지금의 내 모습을 본다면 예전의 고바토라며 웃을 것이다. 나는 혼자 중얼거렸다.

"누구한테 피해를 끼치는 것도 아닌데, 뭐."

보는 사람이 없다고 이렇게 내 생각을 증명하기 위해 동분서주하는 것만 봐도 나는 정말 수양이 부족하다.

어딘가에 증거가 남아 있을지도 모른다. 시험중에 떨어진 병이 가지는 의미를 알려줄 증거가. 내 생각이 옳다면 증거를 처분할 만한 시간은 있었다. 하지만 그렇다고 반드시 처분했으리라는 법은 없다. 범인이 자만하거나 방심했다면 뭔가 남겼을지도 모른다.

그렇다, 범인이 있다.

오사나이는 그것을 알고 있다.

후나도 고등학교 교실 바닥은 리놀륨. 사물함은 그리 높지 않다. 설령 맨 윗단에서 떨어졌더라도 음료수 병이 깨질 리는 없다. 일 미터 남짓한 높이에서 자연 낙하로 리놀륨 바닥에 떨어졌다고 깨질 정도면 위험해서 판매할 수도 없을 것이다. 힘껏 내팽개치거나 하다못해 바닥이 콘크리트쯤 되면 또 몰라도.

그런데 병은 왜 깨졌을까? ……깨지도록 조작했기 때문이다.

일단 뚜껑을 벗겨야 한다. 어린 시절 장난으로 배운 경험에 의하면 병은 뚜껑의 유무만으로도 강도가 완전히 달라진다. 그리고 흠집을 낼 필요가 있다. 가급적 금을 내놓는 게 좋지

봄철 한정 딸기 타르트 사건

만, 입맛에 맞게 금을 내기란 상당히 어려운 일이다. 그럴 바에야 차라리 한번 깬 병을 접착제로 붙여두는 게 더 쉬울지도 모른다.

다시 말해 병은 자연 낙하로 자연히 깨진 게 아니다. 작위적으로 깨진 거라면 떨어진 것도 작위적이란 뜻이다.

시험중에 병이 떨어져 깨지도록 누가 꾸민 것이다. 오사나이는 그것을 눈치채고 있었다. 그걸 알고 누군가 시험을 방해한 사실에 화를 내며 험프티 덤프티의 금기를 깬 것이다.

"화풀이로 먹어치우려고."

크게 소리 내지 않고 중얼거리며 혼자 웃었다.

다만 오사나이는 누가 무엇 때문에 그런 짓을 했는지는 알아내지 못했다. 그래서 나를 부른 것이다. 그렇지만 자기가 얼마나 화가 났는지 불러내서 하소연하는 짓은 하지 않기로 약속한 바 있다. 우리는, 소시민이니까. 그래서 나를 불러내 이야기를 유도해서 때를 보아 상황을 설명하고…… 그리고 어쩔 작정이었을까?

지금 이렇게 C반 교실을 조사하고 있으니 내가 오사나이의 책략에 다소 편승한 것은 사실이다.

한 바퀴를 돌았지만 아무것도 보이지 않았다. 문도 창도 꽁꽁 닫힌 교실은 조금 후덥지근했다. 봄의 끝자락이다.

딱히 증거를 찾지 못한다고 곤경에 빠질 사람은 없지만 한 바퀴 더 훑어보았다.

특히 책상을 신경써서 살폈다. 후나도 고등학교에서 쓰는 책상은 파이프를 끼워 맞춰 얇은 철판으로 만든 서랍을 붙이고 덮개를 씌운, 흔해빠진 학교 책상이다.

찾으려는 물건은 두 번째로 살필 때 나왔다. 범인은 자만했거나 방심했던 것이다.

한 책상의 앞쪽. 덮개 판자 때문에 서 있는 사람의 눈에는 보이지 않는 그곳에 셀로판테이프가 몇 겹이나 붙어 있다. 그 위에는 유성펜으로 글씨가 적혀 있었다.

예를 들면 이런 식이다.

아밀라아제 전분 → 맥아당

말타아제 맥아당 → 포도당

스쿠라아제 제당 → 포도당과 과당

오사나이가 기억해내지 못한 '트립신 단백질 · 펩톤→폴리펩티드'도 떡하니 있었다.

나는 만족했다. 만족한 김에 셀로판테이프를 벗겨서 돌돌 말아 주머니에 찔러 넣었다. 어디든 적당한 곳에 버려야지.

다시 험프티 덤프티로 향하는 길, 페달을 밟는 발이 가벼웠다.

결론은 이렇다. 깨지기 쉬운 병을 시험 시간에 떨어지도록 준비해둔 것은 확실하다. 그렇다면 그 장본인, 범인에게는 무슨 이점이 있는가?

병에 가솔린과 산 화합물이라도 담겨 있었다면 테러 행위지만, 속은 비어 있었던 모양이다. 그렇다면 그 자리에서 일어날 일은 단 하나. '요란한 소음'이다.

그렇다면 시험 시간에 요란한 소음이 터지면 무슨 일이 벌어지는가?

오사나이가 깜짝 놀란다. 깜짝 놀라는 바람에 가물가물하던 단백질 분해 효소 이름을 잊어버린다. 그러면 1학년 전체의 이과 Ⅰ 과목 평균 점수가 약간 떨어진다. 그 결과, 범인의 편차치가 상대적으로 올라간다. ……그런 짓을 의도적으로 할 수 있다면 범인은 예지 능력자다. 그리고 만일 범인이 예지 능력자라면 오사나이의 시험을 방해하는 것보다 시험 문제를 예측하는 게 편하다.

다른 이점은?

커다란 소리가 나면 오사나이 말고도 다들 깜짝 놀랄 것이다. 시험중이라 고요한 교실에서 갑자기 큰 소리가 났으니 많은 학생들이 놀랐으리라. 커다란 소리에 놀라면 어떻게 될까? 가물거리던 단백질 분해 효소 이름을…… 아니, 이건 이제 지겹나. 내 생각은 이렇다. 무심결에 소리가 난 쪽, 즉 교실 뒤쪽을 쳐다볼 것이다. 그 정도는 허용되겠지. 조금 더 자세히 말하면 시험 감독은 시험 시간에 학생이 대놓고 곁눈질을 해도 용서할 것이다.

곁눈질을 할 수 있다면?

시험 시간에 당당히 곁눈질을 할 수 있다면 누가 창밖 풍경 따위를 보겠는가? 볼 것은 커닝 페이퍼밖에 없다.

소리에 놀라서, 아니, 놀란 척하고 교실 뒤쪽을 쳐다볼 수 있는 시간은 기껏해야 이삼 초. 아무리 길어도 오 초는 넘지 못할 것이다. 하지만 이과, 그중에서도 특히나 지금 우리 수준에서 암기가 관건인 생물 시험이라면 커닝 페이퍼를 오 초만 봐도 횡재다. 덧붙여서 처음에는 커닝 페이퍼가 아니라 다른 친구와 신호라도 주고받았는지 의심했지만 그건 불가능할 것 같았다. 오 초 안에 신호를 주고받기는 어려울 테고, 아무래도 눈에 띄기 때문이다.

보다 안전한 방법. 잠깐 돌아보는 것쯤이야 야단맞지는 않을 테고, 커닝 페이퍼는 다른 책상에서도 쉽게 보이지 않는 사각지대에 붙여 놓았으니 이것도 들킬 리 없다. 범인의 심정도 모르는 바는 아니다. 입학 후 첫 시험에서 너무 나쁜 점수를 받고 싶지 않은 마음은 굳이 소시민이 아니더라도 자연스러운 감정이다. 뭐, 시시한 장난질이긴 하지만.

나머지는 적당한 타이밍에 병을 떨어뜨릴 방법인데, 사실 그리 어려운 문제는 아니다. 우리는 휴대전화를 갖고 있다. 주머니에 숨겨놓고 타이밍을 맞춰 전화를 건다. 전화는 사물함 속. 진동이 울리면 미묘한 균형이 무너져 병이 떨어진다. 예를 든다면 그런 장치도 생각해볼 수 있다. 물론 얼음이나 드라이아이스를 써도 상관없지만.

신호가 빨간불로 바뀌었다. 나는 자전거를 세우고 손목시계를 보았다. 생각보다 시간이 많이 지났다. 아무리 오사나이라 해도 가게를 떠났을지 모른다. 문자를 보냈다.

아직 케이크 가게?

신호가 바뀌기 전에 답장이 왔다.

지금 호박 푸딩.

그러니까 그 후 시폰 케이크와 쇼트 케이크를 해치우고도 부족했단 말이군. 대단하다.

3

오사나이는 아까 그 테이블에서 아까와는 다른 케이크를 마주하고 있었다. 주위에 호박 푸딩 같은 건 없다. 횡단보도에서 여기까지 오는 사이 푸딩은 오사나이의 뱃속으로 들어간 모양이다. 남아 있는 저것들은 구운 치즈 케이크와 타르트, 티라미수인가? 무슨 타르트인지는 눈으로 봐서는 알 수 없었다.

나는 테이블에 앉으며 무심결에 물었다.

"다 먹을 수 있겠어?"

오사나이가 갑자기 어두운 표정으로 힘없이 고개를 저었다.

"마르졸렌도 먹고 싶었는데, 안 될 것 같아."

지금 접시에 놓인 몫까지는 자신 있다는 뜻이리라. 모름지기 뷔페에 도전하려는 자는 이런 자세여야 한다. 오사나이는 표면에 잼이 탐스럽게 발린 구운 치즈 케이크에 가만히 포크를 찔러 넣었다.

"……그래서?"

오사나이가 중얼거렸다. 목소리가 너무 작아서 내게 던진 질문인 줄 한 박자 늦게 깨달았다. 단도직입적으로 성과를 묻고 있다는 것을 눈치챈 나는 일단 어중간한 미소로 둘러대기로 했다.

"뭐가?"

아주 잠깐이었지만, 오사나이는 나를 노려보았다. 시치미 떼지 마, 이 자식아, 이건가. 하지만 정말 순식간에 벌어진 일이라, 오사나이의 시선은 금세 부드러운 케이크로 돌아갔다.

"뭐긴."

한 박자 침묵. 포크가 접시에 닿는 찰그랑 소리가 묘하게 크게 들렸다. 잘라낸 한 조각을 입으로 가져간 오사나이는 그대로 동작을 멈췄다. 이윽고 내게 항복할 기미가 없다는 걸 깨달은 듯 작게 한숨을 쉬었다.

"……아무것도 아니야."

알면 됐다. 오사나이가 음료수 병을 떨어뜨린 범인이 궁금하다고 말하면 오사나이가 약속을 깨는 셈이고, 만일 내가 진상에 관한 증거를 확인했다는 걸 알게 되면 내가 약속을 깨는 셈이다. 틈을 봐서 추리를 시킬 셈이었을지도 모르지만 그렇게는 안 된다. 약속을 한 이상 내가 오사나이에게 해줄 수 있는 일은 푸념을 들어주는 것 정도다.

나와 오사나이는 약속을 했다. 서로 상대방에게 달아날 길을 터주기로. 나는 더이상 교활한 꾀를 부리지 않기 위해 달아나기로 했다. 마찬가지로 오사나이에게도 이유가 있다. 겐고는 내가 변했다고 화를 냈지만 오사나이도 예전에는 지금과 달랐다. 소시민이 되겠다고 맹세한 건 오사나이도 마찬가지다. 그리고 소시민은 사적인 이유로 시험을 방해받았다 해도 언제까지고 원망하지 않는다. 오사나이는 변했다.

케이크 소비량은 변하지 않았지만. 아니, 오히려 늘었지만.

그건 그렇고 오사나이는 입을 떼지 않았다. 입을 떼지 않는다는 것은 말을 하지 않는다는 비유적 표현이고, 실제로는 입을 오물거리며 이것저것 삼키고 있었다. 한눈에 봐도 아까보다 속도가 빠르다. 오사나이는 표정 없이 거의 기계적으로 나이프와 포크와 스푼을 썼다. 험프티 덤프티. 엎질러진 물. 뭐, 오사나이라면 조금 더 살이 찌는 편이 나을지도 모른다.

웨이트리스에게 추가로 부탁한 커피를 홀짝이며 오사나이의 소소한 즐거움을 구경했다. 오사나이는 이윽고 티라미수의 마지막 조각을 먹어치우더니 가지고 온 세피아색 손수건으로 입가를 닦으며 중얼거렸다.

"뱃속에 너무 담아두면……."

그렇다, 지금 인용하기에 적절한 문구다. 나는 웃으며 뒤를 받았다.

"탈난다."

험프티 덤프티에서 나왔다. 둘 다 자전거로 왔지만 오사나이가 걷고 싶어 해서 나도 따라 걷기로 했다. 자전거는 끌고 갔다. 어째서 오사나이가 걷기를 원했는가 하면……. 뭐, 말할 필요도 없다. 아마 오사나이는 저녁밥을 거를 것이다.

북쪽 변두리에 가까운 험프티 덤프티에서는 나도 오사나이도 바로 돌아가지 못한다. 중간에 작은 강이 있어 반드시 다리를 건너야만 한다. 국도변을 따라가다가 길을 따라 남쪽으로 꺾어, 후나도 고등학교 근처를 지나 시가지로 들어갔다.

오사나이의 말수가 너무 적어서 무슨 말이든 해야겠는데, 원래 말재주가 있는 타입도 아니다 보니 뻔한 소리만 나왔다.

"용케 참았네."

자그마한 오사나이는 나를 올려다보며 꾸벅 고개를 끄덕이더니 피식 웃었다.

"이 정도는 괜찮아……."

기특하다.

손목시계를 보니 이제 곧 4시 반이다. 3시 조금 넘어 가게에 들어갔으니 오사나이는 정확히 한 시간 반을 험프티 덤프티에 있었던 셈이다. 그사이 그 속도로 계속 먹은 건 아니었겠지만.

서쪽으로 난 국도는 이윽고 남쪽으로 휘었다. L 자 커브, 정확히는 북쪽으로 가는 좁은 길도 붙어 있어 T 자형 교차로를 이루는 지점의 신호등에 접어들었다. 그곳 교차점은 건널 필요가 없어 우리는 빨간 신호를 무시하고 길을 꺾었다.

그 순간, 오사나이가 고개를 번쩍 들었다. 눈에 잔뜩 힘이 들어가 있다. 무심코 물었다.

"왜, 왜 그래?"

날카로운 목소리가 돌아왔다.

"사카가미!"

"어?"

오사나이의 시선 끝. 국도 저편. 위험천만한 속도로 인도를 질주하는 메탈릭실버 자전거. 나는 보지 못했지만 저게 사카가미라고?

어금니를 질끈 악문 오사나이가 끌고 있던 자전거를 180도 돌려 잽싸게 올라타더니 페달을 밟았다. 나는 반사적으로 외쳤다.

"안 돼, 오사나이!"

빨간 신호다. 저녁 무렵의 국도는 교통량이 많아 건널 수 없다. 무엇보다 사카가미를 따라잡아서 어떻게 할 작정인가. 오사나이도 금세 깨닫고 몇 미터 달려가다가 곧 자전거를 세웠다.

"저건 내 자전거인데……."

맹렬한 속도로 달려가는 사카가미의 뒷모습을 지켜보는 수밖에 없었다. 사카가미는 국도가 꺾이는 T 자형 교차로를 똑바로 지나 북쪽으로 빠지는 좁은 길로 들어갔다. 그 길은 곧 언덕으로 이어져 가파른 비탈로 바뀌었다. 우리가 보는 앞에서 사카가미는 바닥에 내려서더니 자전거를 끌고 언덕을 올랐다.

오사나이는 그런 사카가미의 모습을 뚫어져라 바라보는 듯했다. 내게는 등을 돌리고 있어 표정은 보이지 않았다. 한눈에 사카가미를 알아본 재주는 대단하지만, 그의 얼굴을 마음에 담아두고 있었다는 점에서 오사나이도 아직 수양이 부족하다.

사카가미는 자전거를 밀며 언덕을 쭉쭉 올라가 이윽고 시야에서 사라졌다. 언제까지고 인도에서 이러고 있을 수도 없다. 나는 쭈뼛거리며 오사나이를 불렀다.

"오사나이……. 심정은 이해하지만 그만 가자. 저건 못 쫓아가."

오사나이가 천천히 고개를 돌렸다.

예상과 달리 오사나이는 웃고 있었다. 웃는 얼굴로 이렇게 말했다.

"심정을 이해한다고……? 고바토, 내가 지금 무슨 생각을 했는지 알아?"

그렇게 말하면……. 나는 고개를 저을 수밖에 없다.

"그래, 내 자전거를 저렇게 써준다면 그것대로 괜찮은 것 같아."

아아, 오사나이. 억지야. 자세히 보니 웃는 얼굴이 일그러졌어.

아무 말도 못하는 나를 제쳐두고 오사나이는 계속 중얼거렸다.

"응. 오늘은 운이 좋았네. 시험도 끝났고, 케이크도 먹었고, 자전거가 어떻게 되었는지도 알았고. 좋은 날이었어⋯⋯."

뭐, 그리 말한다면야.

"그러네. 내일도 이러면 좋겠다."

오사나이는 내 말을 듣고 말을 꿀꺽 삼켰다. 그러고는 뭐라 말하려다가 억지로 눌러 담고는 다시 웃었다.

조금 애처로운 오사나이의 미소를 보면서 나는 생각했다. 뱃속에 너무 담아두면 다가올 내일의 행복에 영향이 있지 않을까.

여러 의미에서.

여우와 늑대의 마음

1

바로 그 이튿날이었다.

단출한 도시락을 펼치는데 교내 스피커에서 느닷없이 잡음
이 흘러나왔다. 방송 스위치가 켜진 것이다. 품행 방정하며
어디에도 소속되지 않은 나와 상관있는 방송이 나올 가능성
은 전혀 없으므로 개의치 않고 나무젓가락을 갈랐다. 방송은
분명 나와 직접적인 상관이 없긴 했는데 간접적으로는 상관
있는 내용이었다.

"1학년 C반 오사나이 유키. 학생 지도실로 오세요. 반복합
니다. 1학년 C반 오사나이 유키. 학생 지도실로 오세요."

옛날에는 어땠는지 몰라도 지금 현재의 오사나이는 얌전함
그 자체다. 아무한테도 원망을 사지 않고, 규범을 저버리거

나 어기지 않으며, 그렇다고 해서 갑갑함을 견디지 못해 튀는 일도 없이 눈에 띄지 않게 수수한 나날을 보내기를 하루하루의 목표로 삼고 있는 것처럼 보일 때도 있다. 나도 자발적으로 소시민을 꿈꾸지만 그런 방면의 노력은 오사나이의 발끝에도 미치지 못한다. 집단에 파묻히려는 내 노력을 '소극적'이라고 표현한다면 오사나이의 노력은 '둔갑술'이다.

그런 오사나이가 학생 지도실에 호출당한 것은 이걸로 벌써 두 번째다. 입학한 지 얼마 되지도 않았는데 학생 지도실에 두 번이나 불려가다니, 오사나이가 의도한 바가 절대 아니다. 무슨 이유로 불려갔는지 대강 짐작은 가지만.

도망칠 수 있도록 도와주어야 할지도 모르겠다. 나는 재빨리 도시락을 정리하고 학생 지도실 근처에서 오사나이를 기다렸다.

오사나이는 교실 안에서 훈시를 듣고 있었는지 십 분도 지나지 않아 미닫이문을 열고 나왔다. 교실 안쪽을 향해 고개를 꾸벅 숙이고 걸음을 돌리던 오사나이가 나를 알아보았다.

"안녕."

"아…… . 고바토."

나란히 걸음을 뗐다. 보다 정확히 말하면 오사나이가 반걸음 뒤처져서. 고개를 숙이는 건 늘 있는 일이지만 지금 오사나이는 경계심 때문이 아니라 아무래도 충격을 받아 고개를 떨구고 있는 것 같았다. 눈빛이 멍하다.

"자전거 때문이야?"

정답이었는지 오사나이는 고개를 번쩍 들었다. 하지만 바로 시선을 떨어뜨리고 자그맣게 끄덕였다.

"뭐래?"

"응⋯⋯. 찾았대."

"와! 다행이네!"

나는 밝게 말하며 웃었지만 오사나이는 웃는 시늉조차 하지 않았다. 그렇게 애를 태웠는데 저러는 걸 보니 그냥 찾아낸 게 아닌 모양이다. 무슨 일인지 채근해 물어볼까 싶었지만 잠시 기다리자 오사나이가 먼저 입을 열었다.

"기타하 앞, 국도가 오른쪽으로 꺾이는 곳. 거길 똑바로 가면 나오는 언덕길 반대편 자락에 버려져 있었대."

기타하 앞, 국도가 오른쪽으로 꺾이는 곳. 더 정확하게는 남쪽에서 뻗어온 국도가 동쪽으로 꺾이는 곳을 말하는 것이리라. 그곳에서 똑바로 간다면, T 자형 교차로를 북쪽으로 향하는 좁은 길 말인가? 그런 생각을 하다가 퍼뜩 기억해냈다.

"거기, 어제 사카가미를 봤던 곳 아니야?"

"응. 쫓아갔더라면 어제 찾을 수 있었을지도 몰라⋯⋯."

가느다란 목소리로 그렇게 말은 했지만 오사나이도 그게 가능했다고 생각하지는 않을 것이다.

"후나도 고등학교 등록 스티커가 붙어 있는 자전거가 버려져 있다고 불편 신고가 들어왔대. 그래서 혼났어. 관리가 소홀하다고."

나는 쓴웃음을 지었다.

"그 소리는 전에도 들었잖아."

"그치."

며칠 전 호출로 후나도 고등학교 학생 지도부도 학교 스티커가 붙은 오사나이의 자전거가 도난당했다는 사실을 알고 있을 터였다. 그걸 알면서도 굳이 관리 책임을 들먹이다니 말도 안 되는 억지다. 하지만 오사나이는 그 부조리는 전혀 아랑곳하지 않는 듯했다. 당연한 일이다. 부조리를 흘려 넘기는 것은 소시민의 최고 덕목이라 할 수 있다.

그렇다면 오사나이의 표정이 어두운 이유는, 그것이 자전거 도난과 얽혀 있다고 가정하는 이상 한 가지밖에 짐작가지 않는다.

"자전거가 많이 상한 거야?"

오사나이는 슬쩍 눈을 치뜨고 나를 보더니 고개를 끄덕였다.

봄철 한정 딸기 타르트 사건

"누가 차로 받아서 전화해준 거래. 얼마나 부서졌는지는
모르지만……."

자세한 상황은 모르겠지만 아무도 타지 않은 자전거를 들
이받았다면 그것은 손괴 사고니까 보상을 요구할 수 있지 않
을까? 물론 자전거를 받은 사람은 백 퍼센트 전화를 걸고 달
아났겠지만.

점심시간의 학교는 소란스러웠다. 교실까지 배웅하자 잡
음에 묻힐 듯한 목소리로 오사나이가 말했다.

"방과후에 찾으러 갈 거야. 도와줄래?"

우리 사이의 약속에 도주로 마련 이외의 일은 포함되지 않
는다. 그래도 뭐, 나는 흔쾌히 받아들였다.

2

수업이 끝나고 우리는 학교를 뒤로했다.

"저기."

"……응?"

"자전거, 고칠 수 있으면 좋겠다."

"……응."

오가는 대화에 맥이 없다. 평소 같으면 불안하게 주변을
살필 시선도 지금은 멍하니 발밑을 바라보고 있을 뿐. 무슨
말을 해도 마이동풍에 우이독경이니 나도 자연히 말수가 줄
었다.

도난당한 후에 새로 산 자전거를 끌고 가는 오사나이와 그
옆에서 걸어가는 나. 어제 지났던 길을 오늘도 지난다. 교외

　　　　　　　　봄철 한정 딸기 타르트 사건

로 접어들자 가옥들 사이로 밭이 눈에 띄기 시작했다. 인도가 좁아져 둘이 나란히 서면 그것만으로도 길이 가득찬다. 뒤에서 자전거를 탄 중년 여성이 다가오기에 길을 터주려고 오사나이의 뒤로 돌아갔다. 그대로 한 줄로 뒤따라갔다. 말없이 나란히 걷기가 조금 거북했던 것이다.

그때까지 걸어온 국도가 동쪽으로 꺾이는 교차점에서 똑바로 골목길로 들어가자 어제 봤던 언덕이 나왔다. 사카가미는 자전거를 타고 이 언덕을 올라가다가 중간에 내려서 자전거를 끌고 갔다. 오사나이는 처음부터 끌고 있다. 실제로 걸어보고 느낀 거지만 비탈은 그리 가파르지 않았다. 서서 자전거를 타고 페달을 밟으면 내리지 않고 끝까지 올라갈 수 있을 만한 비탈이다.

언덕 꼭대기에 섰다. 그 앞, 내리막 끝에서 오십 미터쯤 지나간 위치일까. 일차선 도로 옆에 쓰러져 있는 메탈릭실버 자전거가 보였다. 오사나이의 자전거다. 오사나이는 길 끝에 놓인 자기 자전거를 잠시 바라보다가 한참 만에 입을 열더니 말이 아니라 깊은 한숨을 내쉬었다. 그 한숨에서 나는 왠지 불온한 기운을 느꼈다. 바로 기분 탓으로 떨쳐버릴 정도의 예감이었지만.

비탈을 내려갔다.

가까이서 본 나는 입을 열자마자 유난스럽게 호들갑을 떨었다.

"뭐야! 별로 안 망가졌네!"

핸들도 안장도 제대로 붙어 있고, 프레임도 많이 상하지 않았다. 2단 변속 기어에서 체인이 풀려 있지만 이건 금방 고칠 수 있다. 기름이 여기저기 묻어 있지만 오사나이가 원한다면 이 자리에서 내가 고쳐줄 수도 있다. 사카가미가 자전거를 빗속에 내버려뒀는지 전체적으로 지저분하기는 하지만 뭐, 무사히 돌아왔다고 할 수 있지 않을까?

관찰안은 오사나이가 더 뛰어나다. 사실 나는 자전거의 상태가 이보다 훨씬 더 심각했다고 해도 '이 정도쯤이야!' 하고 외칠 수밖에 없었지만.

오사나이의 시선은 뒷바퀴에 쏠려 있었다. 이유는 뻔하다. ……찌그러져 있었다. 휠이 꺾여 있다. 나는 눈살을 찌푸렸다. 이러면 바퀴를 바꿔야 한다.

내가 뭐라고 하기 전에 오사나이가 중얼거렸다.

"뒷바퀴가 차도에 걸린 채로 쓰러져 있었대. 어젯밤에 지나가던 자동차가 받았는데, 그 사람이 오늘 아침 전화를 해준 거야."

뒷바퀴의 휠 커버에는 선명한 스티커. 후나도 고등학교의

봄철 한정 딸기 타르트 사건

마크와 함께 등록 번호가 적혀 있다.

"바퀴 하나로 끝났으니 다행이잖아."

오사나이는 거의 광대처럼 부자연스럽게 호들갑을 떠는 나를 거들떠보지도 않고, 집게손가락을 조용히 들어 앞바퀴를 가리켰다. 딱히 문제는 없는 것 같았지만 말로 하기 전에 자세히 살펴보았다.

"……그렇구나."

앞바퀴도 망가졌다. 림은 괜찮았지만 바퀴살이 몇 개 휘었다. 하지만 탈 때 조금 불편할 수는 있어도 그리 심각한 고장은 아니다.

"망치로 두드리면 아마 펴질 거야."

오사나이는 작게 고개를 저었다.

"휜 건 괜찮아. 그런데 저거, 발자국이야."

분명 몇 개의 바퀴살에 한 번에 충격을 가한 느낌이다. 진흙도 묻어 있다. 듣고 보니 자전거를 옆으로 쓰러뜨려놓고 밟은 것처럼 보이기도 했다. 셜록 홈스라면 이 진흙을 보고 사카가미가 어디를 지나왔는지 맞히겠지만 유감스럽게도 나는 그 정도는 아니다.

오늘 오사나이는 평소보다 더 눈썰미가 좋았다. 이어서 자기 발밑을 가리키며 얼른 보라고 채근했다.

"여기서 밟은 거야."

내 시력으로는 거기에 뭐가 있는지 잘 보이지 않았다. 몸을 웅크려야 하는데, 오사나이의 발 앞에서 몸을 낮추기가 거북했다. 손을 흔들어 뒤로 조금 물러나달라고 하고 무릎을 굽혔다.

"……으음."

작아서 잘 보이지 않았지만 인도 쪽 아스팔트에 타이어 자국이 뚜렷하게 찍혀 있다.

오사나이는 휠이 꺾인 자전거를 끌어다 눕혀놓고, 뒷바퀴가 차도로 튀어나오도록 앞바퀴를 작은 타이어 자국에 맞추려 했다. 아니나 다를까 타이어 자국은 바퀴살을 밟는 힘에 눌려 찍힌 흔적이었다.

고개를 들자 오사나이는 얇은 입술을 질끈 악물고 있었다. 분한 마음을 필사적으로 참고 있는 걸까? 속마음을 헤아려보니 더이상 너스레를 떨 수가 없었다.

사카가미의 흔적이 더 남아 있는지 찾아내려고 시선을 세심하게 돌리는 오사나이가 이 자리에서 떠날 기미는 없었다. 나는 한동안 오사나이의 침묵에 어울렸다. 오사나이는 주먹을 불끈 쥐고 있었다.

이윽고 평소보다 훨씬 감정이 결여된 목소리로 오사나이가

봄철 한정 딸기 타르트 사건

물었다.

"고바토. 어제 무슨 일이 있었을까? 어째서 내 자전거가 이런……."

뭐라 대답해야 할지 망설였다. 그럴 필요가 없는 일에는 교활한 소리를 하지 않는다. 그건 오사나이도, 아니 오사나이가 가장 잘 알고 있다. 그래도 묻는 걸로 보아 분명 추측이라도 상관없으니 경위를 이해해야만 마음이 풀릴 것이다. 그렇다면……. 나는 망가진 자전거를 보고 몸을 돌려 언덕을 본 다음, 어제 본 사카가미의 모습을 떠올렸다.

무슨 일이 벌어졌는지는 비교적 명료했다. 나는 방금 전까지의 고의적인 호들갑을 버리고 평소 말투로 설명했다.

"그래, 대충 이렇게 된 일이겠지.

어제 본 대로 사카가미는 상당히 서두르고 있었어. 헐레벌떡 이 언덕을 오르는데 중간에 무리하게 변속이라도 했는지 체인이 벗겨진 거야. 이 비탈은 꼭 자전거를 끌고 가야 할 만큼 가파르지는 않으니까.

바쁜데 체인이 풀렸으니 사카가미는 짜증이 났겠지. 하지만 거기서 자전거를 내팽개치지는 않았어. 그렇게 단순한 일은 아니라는 뜻이겠지. 체인이 풀린 자전거는 오르막이나 평지를 오를 때는 쓸모가 없지만, 내리막을 내려갈 때는 유용

해. 언덕 꼭대기에서 다시 자전거에 올라타 힘껏 비탈을 내려 갔겠지.

내리막 끝에서 여기까지는 오십 미터쯤 될까? 속도가 줄어 들어 달리는 게 더 빠르겠다 싶자 사카가미는 자전거를 내팽 개쳤어. 그게 이 지점이야.

그러고는…… 급한데 고장난 자전거에 화풀이를 한 거야. 구체적으로 말하면 바퀴살을 냅다 짓밟은 거지. 그리고 이번 에는 제 발로 뛰어갔을 거야. 이 길, 저쪽으로."

주위를 두리번거렸다. 지금 내가 가리킨, 길 반대편을 살 펴보기 위해.

그러다가 바로 깨달았다. 국도에서 벗어나 언덕을 하나 넘 은 이 주변에 보이는 것은 논, 논, 논, 드물게 밭, 비닐하우 스, 그리고 농기구 창고가 몇 개. 길은 눈앞에서 바로 T 자형 교차로에 접어들어, 오른쪽으로 가면 이윽고 본격적으로 산 을 넘어가는 길이 나오고, 왼쪽 길은 전원 지대를 품고 크게 포물선을 그리며 이윽고 마을로 돌아간다. 당황해서 말문이 막힌 나를 대신해 오사나이가 말했다.

"어딜 가느라? 설마 농사에 몸을 바친 것도 아닐 텐데."

무심하면서도 조롱 섞인 오사나이의 말투에 나는 움찔 놀 랐다. 오사나이는 자기가 타고 온 모스그린 자전거에 팔꿈치를 얹고 약간 비스듬한 자세로 서 있었다. 입가에는 흐릿한 미소. 방금 떨쳐냈던 불길한 예감이 다시 돌아왔다. 원래가 빈말로도 표리일체라고 할 수 없는 오사나이지만 분위기가 다소 험악했다. 나는 옆얼굴에 대고 말했다.

"오사나이, 침착하네."

"난 침착해. 그보다 어딜 가느라 서둘렀을 것 같아? 왼쪽은 마을로 돌아가는 길이고, 오른쪽은 산속으로 가는 길. 자전거가 있어도 어디든 먼데."

……확실히 그렇다. 왼쪽 길을 통해 마을로 가려면 굳이 지금 넘어온 언덕을 넘을 필요가 없다. 오른쪽으로 갈 경우, 어지간한 다리 힘과 체력이 아니면 어디에도 다다르지 못한다. 자전거를 버렸다면 더더욱 어디에도 가지 못한다. 사카가미의 취미가 장거리 행군이라면 어떻게든 되겠지. 사람을 겉모습으로 판단하면 안 된다지만 그에게 그런 근성이 있을 것 같지는 않다. 애초에 두 다리로 어디든 거리낌없이 걸어갈 수 있는 사람이라면 오사나이의 자전거를 훔치지 않았을 것이다.

나는 발밑에 뻗어 있는 차도와 인도를 가르는 라인마저 빛바래고 쩍쩍 갈라진 시골길을 저멀리 내다보았다. 아무것도 없다. 아무것도 없는 곳이라고 텅텅 비었다는 뜻은 아니니까……. 그렇다.

"그래……. 어쩌면 도로가 목적지였을지도 몰라."

오사나이가 나를 쳐다보았다.

"무슨 뜻이야?"

"사카가미를 태워줄 차가 올 예정이었다던가."

"체인이 풀릴 정도로 서두르지 않으면 그냥 가버리는 차
가? 휴대전화가 있는데 연락도 못 해?"

"버스라면 그렇겠지. 기다려주지 않아."

"버스……."

"다시 말해 이런 거야. 사카가미는 버스를 타고 멀리 갈 예
정이었어. 그런데 지각을 했고, 타려던 버스는 이미 가까운
정류장을 떠난 뒤였지. 그래서 자전거를 급히 몰아 언덕을 넘
어 버스를 앞질러 간 거야."

오사나이는 작게 고개를 끄덕였지만 그 입에서 나온 것은
반론이었다.

"이 주변에는 버스 정류장이 없잖아."

"손을 흔들면 서줄지도 몰라. 이런 한적한 변두리라면."

"흐음."

오사나이는 자전거에 몸을 깊이 기대고 숨을 내쉬더니 천
천히 말했다.

봄철 한정 딸기 타르트 사건

"고바토 말이 맞을지도 몰라. 서줄 수도 있겠지. 하지만 이런 한적한 변두리에 버스가 다닐까? 다닌다고 해도 얼마나 자주? 한 시간에 한 대……. 어쩌면 두 시간에 한 대?"

"글쎄. 마음만 먹으면 조사할 수 있는데. 여기서는 어렵지만."

내 말을 제대로 들은 건지, 오사나이는 품이 남는 세일러복의 소매를 걷어붙이더니 작은 손목시계에 시선을 떨어뜨렸다.

"……."

"분한 마음도 이해는 하지만 자전거도 이렇게 돌아왔으니 그만 돌아가자."

그러나 돌아온 것은 묘한 대답이었다.

"분하지는 않아. ……그리고 삼 분 삼십 초만 더 있을 거야."

그래, 좋아. 그 정도라면. 반사적으로 그렇게 대답하려다 이상하다는 생각이 들었다.

"삼 분 삼십 초? 무슨 일이 있어?"

오사나이는 길 좌우를 살피고 있었다. 학교에서 보는, 어떤 사태에서도 당장 달아날 수 있도록 주위를 경계하는 눈빛과는 전혀 판판이다. 싸늘하다고 해도 좋을 만큼 빈틈없고 날카로운 눈빛이었다. 나는 거들떠보지도 않는다.

"삼 분 삼십 초 후면, 어제 고바토하고 그 모습을 본 시간이거든."

"아아."

"버스라면 반드시 올 거야."

그렇구나, 확실히 그렇다.

나는 오사나이를 도와 도로에 쓰러져 있는 메탈릭실버 자전거를 세우고 안장에 팔꿈치를 괴었다. 비슷한 자세로 때를 기다렸다. 오사나이는 딱히 초조해하는 기색 없이 몹시 태연하게 무슨 일이 일어날지 기다리는 것처럼 보였다.

하지만 나는 다시금 위화감을 느꼈다. 교묘한 유도에 걸려 그만 어제 일어난 일에 대해 이런저런 추리를 하고 말았지만. ……오사나이의 태도가 아무리 봐도 이상하다. 차분히 생각해보면 오사나이가 지금 표방하는 입장이라면 '어머나, 남의 자전거를 훔치고, 그걸 내팽개쳐 망가뜨리다니 너무해! 하지만 이렇게 되찾았으니 이젠 됐어. 수리비는 조금 속상하지만.' 이 정도 태도가 타당하다. 어째서 사카가미의 행동에 저렇게 집착하는 걸까?

가만히 살펴보는데 오사나이의 오른손이 느릿하게 움직였다. 가녀린 손가락을 플레어스커트 주머니 속에 집어넣는다. 시선은 도로를 향한 채로. 자그마한 오사나이가 어째선지 지

봄철 한정 딸기 타르트 사건

금은 그렇게 작아 보이지 않았다. 시선을 들고 턱에 바짝 힘을 주면 생김새 자체는 그리 연약해 보이지 않는다. 내가 옆모습을 보고 있는 줄 아는지 모르는지, 오사나이는 주머니에서 손을 꺼냈다. 뭐가 튀어나오나 했더니…….

"고바토도 먹을래?"

"아, 응. 고마워."

막대사탕이었다. 콜라 맛. 입속에서 돌돌 굴린다. 포장지를 흘깃 보니 오사나이의 사탕은 멜론 맛 같았다. 작은 입에 커다란 막대사탕을 물고 있는 오사나이의 뺨은 먹이를 잔뜩 머금은 다람쥐처럼 볼록했다. 하지만 지금 오사나이에게서 느껴지는 작은 동물 같은 분위기는, 오로지 저 볼록한 뺨뿐이다.

사탕을 물고 있을 때는 말을 할 수 없다. 입속에서 사탕을 굴리는 사이 삼 분은 금세 지났다. 아무 일도 없었다. 경트럭 한 대가 느긋한 속도로 지나갔을 뿐. 무슨 일이 일어나기를 기다리는 데 겨우 삼 분 만에 포기한다는 건 너무 성급한 행동이다. 무엇보다 아직 막대사탕도 다 먹지 못했다.

시계를 보지는 않았지만 이삼 분은 더 지났을 것이다. 오사나이는 막대사탕의 막대기를 입에서 빼더니 휴대용 티슈로 싸서 주머니에 집어넣었다. 내 건 어쩌나 고민하고 있는데 오사나이가 갑자기 눈을 부릅떴다.

"고바토, 저거."

T 자형 교차로 왼쪽에서 들어오는 버스가 보였다. 사카가미는 버스를 앞질러 가서 기다리려 했다는 결론에 상당히 자신감을 갖고 있던 나는 그 광경을 보고 깊은 만족감을 느꼈다.

작은 버스였다. 마이크로버스다. 대중교통 수단이 아니다. 버스는 눈 깜짝할 사이에 우리에게 다가오더니 그대로 눈앞을 지나갔다. 차체에 고딕체 글자. 아하, 그렇게 된 건가.

오사나이도 이해한 듯했다. 버스를 지켜보며 차분히 중얼거렸다.

"그래서 내 자전거를 버렸구나."

버스에는 이렇게 적혀 있었다. "기라 북부 자동차 학원". 무료 셔틀버스다.

분명 저거라면 버스 정류장이 없는 곳에도 설 수 있다. 정차 시간도 정해져 있을 것이다.

버스는 이윽고 길 반대편으로 사라졌다. 기라 북부 자동차 학원이라면 오른편에 보이는 산중턱, 이 마을 변두리에서도 끝자락에 가까운 위치에 성채처럼 외따로 있는 곳이다. 교통편으로 생각해보면 산지를 감싸고 북쪽으로 접한 이웃 마을에서 다니는 수강생이 더 많을 자동차 학원이다. 면허 시험장이 같이 있어 학과 시험을 치르기 쉬워서 편리하다는 소문을 들은 적이 있다.

나는 어깨를 움츠렸다.

"나 참. 하지만 뭐, 이걸로 결론이 났네. 끝났어. 그만 돌아가자. 자전거는 어쩔래? 고칠 거지? 괜찮으면 체인만이라도 고쳐줄까?"

그 말에 버스가 달려간 방향을 바라보고 있던 오사나이가 고개를 돌렸다. 그리고 해맑게 웃었다. 아무런 근심도 없는 아름다운 미소. ……나는 오싹했다. 후지산은 아름답다. 옐로스톤 국립공원도 아름답다. 하지만 옐로스톤 공원에 후지산이 솟아 있다면 오싹할 것이다. 그런 감각.

아니, 이건 예전에 보았던 미소다. 그렇기에 오싹했다.

"끝났다고? 아니, 고바토. 이제 시작인걸. 모처럼 꼬리를 잡았잖아."

"꼬리……."

"내 봄철 한정 딸기 타르트를 엉망으로 만들고, 자기 사정으로 자전거도 버리고. 나는 학교에서 조용히 지낼 생각이었는데, 덕분에 한 번은 도둑 취급을 받고 학생 지도실에도 두 번이나 불려갔어. 너무하지, 응? 고바토, 어떻게 생각해?"

곱씹듯이 찬찬히 설명하는 오사나이의 미소는 완벽했다.

"오, 오사나이?"

오사나이는 다시 버스가 사라진 산을 바라보았다.

"배상을 받아내야지."

제자리다, 제자리. 다시는 그렇지 않겠다더니 예전의 오사나이로 돌아갔다. 나는 황급히 오사나이의 시선을 가로막았다.

"안 돼, 오사나이. 도둑맞은 물건은 돌아왔잖아. 만족해야해. 그 이상 생각해서는 안 돼. 흘려보내. 소시민이 되겠다고약속했잖아. 소시민이라면 여기서 억울함을 참아야 해."

나는 손을 펼쳐 열심히 호소했다. 오사나이의 얼굴에서 미소가 사라졌다.

"……응. 하지만 난…….

"참아. 지금이 참아야 할 때야."

오사나이가 입술을 깨물었다. 그러더니 자기가 타고 온 자전거를 보고, 도난당해 망가져서 돌아온 자전거를 보고, 다시 버스가 지나간 방향을 보았다.

"하지만 난 아무 짓도 안 했어. 아무 짓도. 그런데! ……그래, 들어봐, 고바토. 이런 건 어때?"

"뭐가?"

"고바토는 소시민에게 가장 소중한 덕목이 뭐라고 생각해?"

단박에 대답했다.

"현재 상황에 만족할 것."

오사나이는 고개를 설레설레 저었다.

"소시민에게 가장 소중한 건…… 사유재산의 보전이야."

3

오사나이는 착각하고 있다. 우리가 지향하는 소시민은 그런 복수심을 품지 않는다. 그런데 나는 오사나이를 막지 못했다.

막지 못한 이상 차라리 도우려는 생각까지 했다. 하지만 그것도 거부당했다. 우리는 피신을 돕겠다는 약속은 했지만, 공격을 돕겠다는 맹세는 하지 않았기 때문이다. 오사나이와 나는 상부상조하는 사이지만 의존하는 관계는 아니다. 어느 한쪽이 무엇으로부터 달아나고 싶을 때를 제외하면 우리는 단순한 지인에 지나지 않는다. 오사나이는 그 규정을 엄격하게 적용했다.

요컨대, 이렇게 말한 것이다.

"고바토하고는 상관없는 일이니까 참견 마."

받아들일 수 있는 이유다. 확실히 오사나이가 자전거 도둑에게 어떤 복수의 철퇴를 내리든 나하고는 상관이 없다. 만일 복수에 실패해서 오사나이가 궁지에 몰린다 해도 자업자득이다. 역시 내가 도와줄 이유는 없다.

그렇게 치부할 수 있는 문제인지 나는 잠시 검토할 시간이 필요했다.

이 문제에서 오사나이의 '실패'가 무엇을 의미하는지 고민해봐야 했다. 불길한 예감이 들었기 때문이다. 굉장히 불길한 예감이.

설사 배상을 받아내겠다는 말을 실행에 옮긴다 해도, 오사나이가 사카가미 앞에 서서 '이러저러한 연유로 너는 내게 손해를 끼쳤으니 돈을 내놔'라고 따지고 들 리는 없다. 그런 짓을 해봤자 사카가미가 순순히 돈을 내놓을 리도 없는데다 자칫하면 신변만 위험해진다.

그런데 오사나이에게는 뭔가 승산이 있는 듯했다. 그 승산이 두려웠다. 엉뚱한 생각을 하는 게 아닐까?

오사나이가 공격을 선언한 뒤로 사흘이 지났다. 어제, 그저께는 주말이라 학교에서 만날 수 없었다. 문자도 보냈지만 답장은 오지 않았다. 아무래도 불길한 예감이 든다.

그동안 나는 도움이 될 만한 자료를 수집했다. 수집만 했을 뿐, 그것을 사용하지는 않았지만. 움직여야 할지 말아야 할지 아직 망설여졌다. 나는 더이상 탐정 흉내는 내지 않겠다고 결심했다. 게다가 오사나이에게 참견 말라는 말까지 들었으니 괜히 끼어들지 않는 게 나을지도 모른다고 주저하는 마음도 컸다.

그리고 월요일 방과후. 나는 우선 무슨 일이 벌어져도 대응할 수 있는 태세를 갖추어야 한다는 결론에 도달했다.

문자를 보냈다. 상대는 도지마 겐고. 이런 내용이다.

기동 방어에 예비 병력 증강 필요성이 인정되므로 지원을 요청함.

답장은 이러했다.

놀고 자빠졌네.

그러면서도 와주었으니 고마운 친구다.

그렇지만 방과후 교실에 나타난 겐고는 몹시 불쾌한 기색이었다. 뚱한 얼굴에 토라진 입매로 팔짱을 끼고 내 앞에 우뚝 섰다.

"……왔네."

"무슨 용건이야?"

"그러지 말고 앉아봐."

내 앞자리를 권했다. 겐고는 의자를 잡아당겨 털썩 걸터앉았다.

평소에도 기분 좋은 모습은 찾아보기 어려운 겐고였지만, 이렇게나 얼굴을 찌푸리고 있으면 이야기도 하기 어렵다. 가벼운 인사부터 하자.

"갑자기 불러내서 미안. 혹시 다른 볼일이라도 있었어?"

"그래, 있었어. 신문부 일손이 부족해."

"그런가, 그거 정말 미안하게 됐네."

겐고는 콧방귀를 뀌었다.

"미안하다고 생각해도 문자가 아니라 직접 하고 싶은 이야기가 있었던 거지? 들어줄 테니 냉큼 말해봐. 시시한 얘기면 신문부로 돌아갈 거야."

"시시한 얘기는 아닌데 짧은 얘기도 아니야. 정말 미안."

"냉큼 말해보라니까."

서두르는 기색이었지만 순서대로 설명하지 않으면 어떤 도움을 바라는지도 전달하기 어렵다. 나는 겐고에게 오사나이의 자전거 사건을 설명했다. 봄철 한정 딸기 타르트를 산 날에 미나카미 고등학교의 사카가미가 눈앞에서 자전거를 타고 내뺀 일. 가택 침입 사건이 있었을 때, 근처에서 그 자전거가 목격된 일. 나흘 전, 자전거 도둑 사카가미가 급히 언덕을 오르는 모습을 누군가 목격한 일. 사흘 전, 그 자전거가 뒷바퀴가 망가진 상태로 돌아온 일.

설명할수록 겐고의 표정이 진지해졌다. 겐고의 가치관으로 볼 때 여자의 자전거를 훔쳐가는 짓은 절대 용서할 수 없는 일이다. 팔짱을 풀더니 뒤로 한껏 젖혔던 상체를 급기야 앞으로 쭉 내밀기까지 했다.

이야기를 끊자, 겐고가 짧은 한숨을 쉬었다.

"자전거 도둑이라. 흔한 일이네."

"맞아."

"흔한 일이라고 해서 금전적 부담이 가벼워지는 것도, 울분이 가라앉는 것도 아니지만. 바퀴 하나면 육천 엔 정도 되나?"

"글쎄, 그 정도 되려나. 하지만 되찾은 것만으로도 다행이지. 도난당한 자전거를 되찾았다는 이야기는 별로 못 들었으니까."

겐고가 손목시계를 흘깃 보았다.

"다행으로 끝날 얘기라면 날 부르지 않았겠지?"

"정답."

헛기침 한 번.

"오사나이가 자전거 도둑한테 복수를 하려고 해."

겐고는 물고기가 하늘을 날았다는 말을 들은 것처럼 괴상한 표정을 지었다. 귀신에 홀렸다는 건 이런 표정을 가리키는 건지도 모른다. 겐고가 곧바로 폭소를 터뜨렸다.

"하하하하하. 그거 멋지네. 남의 물건을 건드리면 어떻게 되는지, 그 멍청이한테 가르쳐줘."

나는 눈살을 찌푸리며 겐고가 웃음을 거두기를 기다렸다.

"……웃을 일이 아니야. 겐고라면 여차해도 엉터리 권법으로 혼쭐을 내줄 수 있겠지. 나라도 간신히 어떻게든 될지도 몰라. 하지만 오사나이라고. 상대가 적반하장으로 나오면 그대로 끝장이야."

겐고는 턱을 어루만졌다.

"그럴지도 모르겠네."

그리고 뭔가 깨달은 것처럼 목소리를 낮추었다.

"설마 나더러 경호원 노릇을 하라는 건 아니겠지?"

"크게 보면 그런 셈인데."

"오사나이가 부탁한 거야?"

말문이 탁 막혔다. 거짓말을 할 수도 있었지만 금방 들킬 일이다. 나는 하는 수 없이 대답했다.

"아니, 내 독단이야."

겐고가 입을 벙긋 뗐다. 아마도 그럼 자기가 나설 일이 아니라고 말하려 했을 것이다. 나는 틈을 주지 않고 재빨리 말을 이었다.

"그럴 만한 이유가 있어."

겐고가 벌렸던 입을 다물고 다시 물었다.

"이유? 무슨 이유?"

"오사나이에게 위험이 닥쳤다고 판단할 만한 이유 말이야."

위험이라는 단어에 중대성을 느꼈는지 겐고의 눈빛이 날카로워졌다.

"말해봐."

나는 우물거렸다. 실수했다. 표현이 서툴렀다. 이래서야 이유를 설명하기 전에는 이야기가 끝나지 않는다. 그건 내가 가장 하고 싶지 않은 행동이었다. 솔직히 아직 그 이유를 완벽하게 추리해내지 못했다. 지금은 대강 설명하고 유사시에 겐고의 도움을 확보하기만 해도 됐다.

아니, 아직 둘러댈 여지가 있으려나?

"왜 그래?"

미심쩍어하는 겐고. 일단 최대한 둘러대보자.

"……지금까지 한 얘기로도 충분하잖아. 오사나이는 솔직히 말해 그런 성미 급한 상대에게 싸움을 걸려는 거야."

"그 자전거 도둑 아무개가 성미가 급하다는 건 어떻게 알아?"

"조금이라도 머리가 돌아가는 녀석이라면 등록 스티커를 뗐을 테니까. ……어쨌든 오사나이의 복수가 어디로 튈지 모르니까, 여차할 때 힘을 빌려줬으면 해."

겐고가 내 눈을 지긋이 들여다보았다. 나는 나도 모르게 시선을 피했다. 짧게 깎은 머리카락을 쓱쓱 문지르며 겐고가 낮은 목소리로 말했다.

"넌 짜증나는 놈이었어. 영 마음에 들지 않는 놈이었지. 머리를 좀 쓸 줄 안다고 으스대기나 하고."

……옛날 일이다.

겐고는 한숨을 깊게 내뱉었다.

"그런데 지금 한 이야기는 뭐야? 어설퍼도 정도가 있지. 그럴 의도는 아니었을지도 모르지만, 지금 네가 하려는 게 '마음대로 사람을 조종하는' 짓이라는 걸 몰라? 하고 싶은 얘기가 있으면 똑바로 말해. 말을 못 하겠으면 부탁도 하지 마. 이런 어중간한 얘기를 듣고 언제까지 기다리고 있어야 할지도 모를 일을 부탁하다니 너무 뻔뻔한 것 아니야?"

나는 머리를 싸맸다. 비유가 아니라 정말 싸맸다. 겐고는 둔하지만 바보가 아니다. 사람은 좋지만 얼간이는 아니다. 나는 아직 어딘가 내 지혜를 자만하고 있었는지도 모른다. 겐고의 반박은 타당하다. 요컨대 나는 겐고를 우습게 봤던 것이다.

"할 얘기가 그것뿐이라면 난 그만 간다."

나는 자리에서 일어나려는 겐고를 무의식적으로 불러 세웠다. 겐고는 그런 나를 시험하듯 가만히 쳐다보더니 천천히 팔짱을 꼈다.

"말할 수 없는 사정이 있다면 그렇다고 말해. 지금은 말할수 없으니 다 끝난 뒤에 설명하겠다고. 그렇게 말하면 되잖아?"

"그런 사정은 없어. 솔직히 말해서 아직 전부 파악하지 못했거든."

"그럼 파악이든 뭐든 한 다음에 말해."

"……."

"이해가 안 가네."

겐고가 천천히 고개를 가로저었다.

"생각하는 바가 있지? 그걸 알아낼 자신도 있잖아? 그런데 왜 안 해? 그런 건 네가 좋아하는 상황이잖아."

"좋아했던, 상황이지."

체념할 수밖에 없었다. 자신만만했던 예전의 나를 아는 상대 앞에서는 아무래도 입장이 약하다. 길은 세 가지. 겐고의 조력을 포기하거나 여기서 목청껏 추리를 늘어놓거나. 그도 아니면…….

나는 세 번째 길을 택했다. 고개를 숙인 채 입을 열자 스스로도 깜짝 놀랄 만큼 힘없는 목소리가 흘러나왔다.

"이제는 싫어. 그런 걸 좋아했던 때를 떠올리기만 해도 소름이 끼쳐."

"…….."

"전에 네가 코코아를 내주었을 때, 내 상태가 이상하다고 했지? 그래서 무슨 흔해빠진 트라우마라도 기대하는 것 아니냐고 내가 따졌지. 기억해?"

"그래. 똑똑히 기억해."

아주 잠깐, 나는 얼굴을 찌푸렸다. 이건 연기가 아니다. 생각이 났기 때문이다.

"실은 있어. 흔해빠진 트라우마가. 정확하게 삼 연발. 카운터로 스트레이트를 얻어맞고, 로프에서 튕겨나가 훅을 얻어맞고, 쓰러지는 순간에 어퍼컷을 먹었지."

겐고는 진지한 얼굴로 대꾸했다.

"용케 살아남았네."

"살아남았지. 하지만 완벽한 녹다운이었어. 나는 영악했지. 하지만 그건 자랑할 만한 일이 아니라는 걸 통감했어. 다시는 자만심에 빠져 머리를 굴리지 않겠다고 결심하기에 충분한 타격이었어."

"난 그런 두루뭉술한 소리는 못 알아들어. 구체적으로 말할 생각은 없어?"

나는 고개를 저었다.

"없어. 하지만 대충 그런 식이었어.

거드름을 피우다가 때를 놓쳐서 괜한 원망을 샀어.

사람들의 환상을 깨서 울리기만 했지, 무엇 하나 호전되지 않았어.

자신 있게 떠벌렸다가 압도적으로 눌렸어.

흔한 일이라고 생각해? 그럴지도 몰라. 게다가 그런 것보다 더 충격이었던 건 따로 있어. 난 깨달았던 거야.

누군가가 열심히 생각했는데도 풀리지 않아서 고민하던 문제를 옆에서 끼어들어 풀어버리는 상대를 환영하는 사람은 얼마 안 돼. 고마워하는 사람은 훨씬 적어. 그보다 경원당하거나 미움을 사는 경우가 훨씬 많다는 걸 깨달았지!"

"그렇지 않아. 네 착각 아니야?"

"너는 이해 못 할지도 몰라. 너도 네 누나도 너그러운 사람이니까. 내가 조금 영악한 걸 알고 이런저런 부탁을 하지. 해결하면 굉장하다고 칭찬해줘. 하지만 너도 알고 있지? 그런 사람은 소수야.

겐고, 그럼 사건 때 가쓰베 선배가 내게 고마워했을 것 같아? 감사는 바라지도 않아. 좋아서 한 일이니까. 하지만 불쾌한 표정을 짓다니 너무하잖아. 대놓고 괜한 참견 말라는 소리를 들은 적도 한두 번이 아니야.

네 말투가 잘못되었다, 배려심이 부족하다는 말도 들었어. 그럴지도 모르지. 유치원 때부터 남들보다 먼저 상황의 진상을 꿰뚫어 봤으니 비뚤어질 만도 하잖아. 그렇다고 어쩌란 거야?"

입안이 바짝바짝 타서 불쾌했다.

"행복을 가져다주는 파랑새는 가까이 있었다는 이야기처럼, 괜한 생각을 할 바에야 아무 재주 없이 현재 상황에 만족하는 소시민을 지향하기로 결심했어. 그걸 비판하고 속이 시커멓다고 하면 나더러 어쩌란 거야!"

아차. 목소리가 조금 컸던 모양이다. 아직 학생들이 많이 남아 있는 방과후 교실에서 전압이 상승하고 말았다. 진정하자.

……오케이, 미소 복구 완료.

"뭐, 그런 사정이니 이쯤에서 봐주면 안 될까?"

지금 털어놓은 이야기는 군데군데 정도의 차이는 있지만 대부분 진실이다.

하지만 내가 여기서 진실을 털어놓은 건 손익 계산의 결과에 지나지 않는다. 남들 앞에서 탐정 노릇을 할 바에야 이쪽의 약점을 드러내고 동정을 사겠다는, 요컨대 눈물 작전을 쓴 것이다.

그리고 나는 또다시 오판했다. 그것도 두 가지나. 한 가지는 겐고가 그런 비굴한 태도를 싫어한다는 사실. 또 한 가지는 눈물 작전을 쓰려면 애절한 목소리를 냈어야 했는데, 그러기에는 아직 내 자존심이 너무 세다는 사실이다. 본성은 너무 드러났고, 연기는 너무 어설펐다. 그래서야 생각대로 될 리가 없다.

겐고는 의연하게 내 책략을 맞받아쳤다.

"그럼 더더욱 고민해야지. 넌 그러는 게 어울려."

"……지금 얘기, 제대로 들었어?"

겐고가 팔짱을 풀더니 머리를 벅벅 긁었다.

"네가 속내를 털어놓은 것 같으니 나도 똑바로 말하마. 다운인지 뭔지 모르겠지만 난 지금 너처럼 뒤에서 구질구질하게 구는 녀석하고는 어울리고 싶지 않아. 옛날 인연으로 이자리에 오기는 했지만 지금 아무 말도 안 하면 다음은 없을줄 알아.

예전의 넌 짜증나는 놈이었지만 난 싫지 않았어. ……소시민 같은 게 되고 싶다면 그러지그래? 하지만 나는 그런 녀석의 부탁을 들어주긴 싫어."

나는 얼간이처럼 입을 떡 벌렸다. 아니, 뭐라고 해야 하나, 정말이지, 부끄러운 줄도 모르고 잘도 저런 소리를. 한참 겐고를 바라보던 나는 겐고가 부끄러운 줄 모르는 게 아니라 저 어색하게 뚱한 표정이 민망함을 감추려는 가면이라는 것을 깨닫고 그만 웃음을 터뜨렸다. 겐고는 울컥했지만 이윽고 실실거리더니 웃음을 참느라 끙끙거렸다.

"거참. 까다롭네. 겐고. 이쪽 사정도 좀 봐줘야지."

"미안하게 됐군, 조고로. 솔직함이 장점이라."

웃음이 가라앉자 어설프게 들떴던 기분도 많이 가라앉았다. 남은 건 선택이다. 오사나이의 위기를 간과하고 맹세를 지킬 것인가. 겐고의 말대로 탐정 노릇을 할 것인가.

……기본적으로 이번 일은 오사나이의 문제다. 그렇다면 선택을 하더라도 오사나이를 끌어들여야겠다. 나는 주머니에서 휴대전화를 꺼냈다.

"겐고, 난 이제부터 도박을 할 거야. 오사나이한테 전화해서 이번 문제에서 손을 떼라는 말을 들으면 그걸로 그만. 그게 불가능하면 미약한 지혜를 짜내서 오사나이가 위험하다고 생각하는 이유를 말로 설명할게."

겐고는 고개를 끄덕이더니 그게 가장 편한 자세인지 또 팔짱을 꼈다.

전화번호를 찾아내 통화 버튼.

신호음. 나는 휴대전화를 귀에 대고 가만히 기다렸다. 겐고는 눈을 감고 있었다. 졸린 것도 아닐 텐데.

……신호음. 몇 번인지 셌다. 신호음은 열 번을 넘어 열다섯 번도 넘었다. 취소 버튼을 눌렀다.

스무 번. 받지 않는 거라고 판단해야 할 것이다. 나는 전화를 끊고 휴대전화를 주머니에 도로 넣었다. 겐고가 눈을 떴다.

일이 이리 되었으니 각오를 다질 수밖에 없다. 나는 책상 위에서 왼손 주먹을 오른손으로 움켜쥐었다.

"그럼 시작할까. 내 생각에…… 이건 연쇄 추리로 해결할 수 있어."

4

사태는 복잡하게 얽혀 있다.

초인적인 관찰력과 추리력을 갖춘 인물이 비약적으로 결론에 도달하고, 비약적이기에 보통 사람들에게 어떻게 설명할지 고심하는 이야기는 몇 번 읽은 적이 있다. 이 몸은 다행히도 관찰력도 추리력도 초인 수준이 아니다. 비약적이지 않은 대신 추리 과정 자체가 설명이 될 터. 연쇄 추리의 결과, 막다른 골목에 부딪히거나 제자리를 빙빙 돌지도 모르지만 내머리를 믿을 수밖에 없다. 밑져야 본전이다.

어디서부터 시작해야 할지 생각하게 조금 기다려달라는 말로 시간을 벌었다. 이마에 주먹을 대고 고민하는 나를 겐고는 팔짱을 끼고 기다렸다.

일이 분쯤 지났을까. 나는 주먹을 내리고 천천히 입을 열었다.

"그래, 재확인부터 시작할까. 우선 사흘 전, 우리는 길거리에서 오사나이의 자전거를 발견했어. 발견 현장 주변에는 굳이 찾아갈 만한 장소가 없어. 그래도 사카가미는 일정한 시각에 거기에 갈 필요가 있었지. 그건 그 지점에 시간 맞춰 찾아오는 게 있기 때문에, 즉 버스가 지나가기 때문이라고 생각할 수밖에 없었어.

이렇게 생각했는데, 어때?"

사흘 전 오사나이 앞에서 설명했던 내용을 단숨에 말했다. 겐고는 얼빠진 표정을 지었지만 내 말을 곱씹듯 한참 생각에 잠겨 있었다.

"버스가 그 길을 지나는지는 확인했어?"

"했어."

"그럼 됐어."

"버스는 자동차 학원의 무료 셔틀버스였어. 사카가미는 그 버스를 타려 했다. 이건?"

겐고는 희미하게 눈썹을 찌푸렸다.

"잠깐. 그 시간대에 지나가는 버스는 그것뿐이야?"

"우리는 현장에 삼십 분 정도 있었어. 사카가미를 목격한

봄철 한정 딸기 타르트 사건

시간에서 앞뒤 십오 분씩이라고 바꿔 말할 수도 있지. 사카가미가 타려고 했던 건 그 셔틀버스야."

"알았어, 다음."

"그 말은 즉 사카가미가 자동차 학원에 가려고 했다는 뜻이 돼."

좋아, 다음, 하고 한마디 덧붙인 겐고가 바로 손을 들어 앞말을 취소했다.

"아니, 잠깐만 기다려. 자동차 학원 셔틀버스를 탔다고 해서 목적지가 자동차 학원이라고 할 수는 없지. 단순히 편리한 교통수단으로 편승했을 뿐이고, 학원에는 볼일이 없었을지도 몰라."

신중하군. 분명 그 지적도 배제할 수 없는 가능성이다. ……아니, 그렇지도 않나?

"기라 북부 자동차 학원도 공짜로 버스를 돌리는 건 아니야. 등록하지 않은 사람까지 태우진 않겠지."

"그래? 설령 그렇다 해도 어떻게 구별하지? 등록한 사람과 그렇지 않은 사람을."

어떻게.

구별하려면 등록한 사람에게 뭐든 증표가 될 만한 물건을 주는 수밖에 없다. 그것은 버스 운전사가 운전하면서 인식할 수 있을 물건이어야 한다.

나는 나흘 전 사카가미의 모습을 떠올렸다. 그럴 만한 물건이랄까, 사카가미의 소지품은 하나밖에 없었던 것 같다. 나는 천천히 말했다.

"가방이야. 아니, 서류철일지도 모르겠네. 하얀색 물건이야. 표시가 될 만한 건 그것뿐이야."

겐고는 고개를 끄덕였다.

"그렇군. 듣고 보니 그런 광경을 본 적이 있어. 하얀 서류철을 흔들어 자동차 학원 버스에 타는 사람."

나도 겐고도 이 동네에 십오 년째 살고 있다. 처음 몇 년은 기억하지 못하지만. 겐고의 말을 듣고 기억해냈는데 나도 그런 장면을 본 기억이 있다. 그 기억이 내 생각이 옳다는 것을 뒷받침해주었다.

"그렇다면 이런 뜻이야. 기라 북부 자동차 학원의 셔틀버스에 타려면 정해진 장소에서 자동차 학원에서 준 서류철을 표시로 들고 있어야 해. 이게 기라 북부 자동차 학원만의 규칙인지 전국적으로 그런지는 모르겠지만.

다시 말해 사카가미가 셔틀버스를 탔다는 걸 인정하면, 사카가미가 기라 북부 자동차 학원에 등록했다는 걸 인정하는 셈이야. 등록 절차를 마치고 돈도 냈는데 자동차 학원을 중계

점으로만 이용했다고 생각하는 건 아무래도 이상해."

"알았어. 그건 네 말이 맞아. 이야기를 방해했네."

나는 살짝 웃었다.

"아니. 그런 검증이 중간에 있으면 여러모로 편해. 오사나이의 안위가 걸려 있으니 실수하지 않도록 엄밀히 따져주면 나도 고맙지."

겐고는 팔짱을 낀 채 아무 말도 하지 않았다.

자. 여기까지 나온 결론으로……. 나는 숨을 한 번 크게 내쉬었다.

"그러니까 사카가미는 운전면허를 따려는 거야."

겐고가 눈썹을 슬쩍 찌푸렸다.

"아아, 그렇겠지. 하지만 그게 무슨 문제야? 면허를 따든 말든 그 녀석 마음이잖아."

분명 그렇다.

하지만 나는 '사카가미는 면허를 따려고 한다'는 결론에서 더욱 큰 의혹을 느꼈다. 면밀히 따져보았지만, 사카가미가 자동차 학원 버스를 탔다고 생각한 시점에서 여기까지는 자동적으로 도출되는 결론이다. 겐고의 말처럼 '그게 무슨 문제'라는 건가?

그게 무슨 문제인가 하면…….

"사카가미는 무슨 목적으로 면허를 따려는 걸까?"

겐고가 어이없다는 기색을 억누르고 짧고 빠르게 대답했다.

"차를 몰려는 거겠지."

나는 어깨를 으쓱했다.

"면허가 없어도 차는 몰 수 있잖아. 기계니까."

"장난치지 마, 조고로."

그리 화낼 건 없잖아. 너무 심각해지면 머리도 둔해진다.

헛기침.

"아, 만약 그렇다면, 즉 사카가미가 공식적으로 운전을 해도 된다는 허가를 목적으로 운전면허증을 손에 넣으려 하는 거라면 딱히 아무 문제도 없어. 공부 열심히 하세요. 끝."

겐고가 한숨을 쉬었다.

"결국 아무 문제도 없다는 게 결론인가. 다른 용건이 없으면 그만……."

나는 그 말을 무시하고 내 생각을 심화하기 위해 계속 떠들었다.

"그게 다일까? 면허를 왜 따려는 걸까? 그건 면허증은 무엇에 쓸 수 있는가, 라는 질문으로 바꿔볼 수도 있어. 사물의 용도는 한 가지만 있는 게 아니야. 유리병도 커닝의 도구가

　　　　　　　　　　　봄철 한정 딸기 타르트 사건

돼. 예를 들어 면허증을 던지면 바나나를 자르는 묘기 정도는 부릴 수 있잖아."

"그런 묘기를 부리려고 면허를 딴다고?"

"물리적 존재, 플라스틱 카드로서의 면허증은 분명 바나나를 자르는 게 고작일지도 몰라. 여기서는 잠깐, 그 효력에 주목해보자."

효력. 운전면허증의 위력. 그게 있으면 무엇을 할 수 있나? 면허증이 없는 나는 그것을 충분히 이해하지 못한다. 아니, 그렇지 않다. 실제로 취득하고서야 비로소 알 수 있는 중대한 비밀 같은 게 면허증에 있을 리 없다.

면허증. 보기는 몇 번이나 보았다. 증명사진. 생년월일. 주소도 실려 있던가?

그런가. 나는 그 점이 마음에 걸렸던 거다.

가만히 숨을 쉬었다.

"나는 운전면허증이 가진, 신분증 기능을 말하고 싶었던 거야."

비약을 느꼈는지 겐고의 눈에 경계의 빛이 감돌았다. 하지만 이의는 제기하지 않기에 아랑곳없이 말을 이었다.

"여기에 분기점이 있어. 사카가미는 무엇을 위해 면허를 따려고 했나.

첫 번째. 차량 운전 허가를 얻기 위해.

두 번째. 신분증을 입수하기 위해.

여기에 추가할 세 번째, 네 번째 이유가 있을까?"

겐고는 천천히 고개를 가로저었다.

"없어. 두 가지 중에서 고르라면 당연히 전자겠지."

"'당연히 무엇이다'라고 말할 때, 그건 대체로 당연하지 않아."

나는 격언 같은 소리를 아무렇게나 지껄이며 말을 이었다.

"나는 의심스러워. 첫 번째 분기점은 요컨대 사카가미가 통상적인 절차를 밟고 있을 뿐이지 껄끄러울 이유가 하나도 없거든. 하지만……."

이야기 도중에 겐고가 끼어들었다.

"면허를 따는 것이 목적이었더라도 껄끄러웠을지 모르지. 교칙 위반은 아니야?"

나는 바로 반박했다.

"적어도 우리 후나도 고등학교에서는 면허 취득은 개인의 자유야. 미나카미 고등학교에서는 어떨까? 스쿠터로 등하교하는 학생은 본 적이 있는데."

케이크 가게 앞에서 봤다는 말은 하지 않았다. 아주 조금 부끄러웠으니까.

"십중팔구 교칙에 걸리지는 않을 거야. 게다가 사람을 겉
보기로 판단하면 안 되지만 사카가미는 면허를 따면 안 된다
는 교칙이 있다고 해서 주저할 타입은 아니겠지."

흠, 하고 겐고가 고개를 끄덕였다. 일단 보류라는 걸까?
나는 원래 이야기로 돌아갔다.

"그래서 아까 하던 이야기인데, 사카가미가 그저 평범하게
면허를 따려고 했다는 결론에는 의문이 남아. ……조금 시간
을 주지 않겠어?"

그 의문이라는 건 사카가미가 성실하게 면허를 따려고 했
다고 생각하기 싫은 심리적 반발 때문인지도 모른다. 하지만
나는 가급적 그런 편견을 배제하려 했다. 어차피 그럴 리 없
으니까, 어차피 그럴 테니까, 그런 소리를 하면 탐정 노릇도
할 수 없다. 편한 길을 택하지 않는다는 점에서 탐정은 참으
로 소시민과 거리가 멀다.

이 분, 삼 분. 지루할 텐데도 겐고는 가만히 기다려주었다.
고마운 남자다.

머릿속에서 정보가 소용돌이친다. 정리한다. 의미를 부여한
다. 이럴 때의 나를 오사나이는 종종 즐거워 보인다고 평했다.

이윽고 생각이 정리되었다. 의문점은 세 가지. 그것을 어

떻게 설명할지, 전략도 세운다. 다시 일 분, 이 분.

천천히 손가락 하나를 세웠다.

"첫 번째, 거리의 문제. 어째서 사카가미는 기라 북부 자동차 학원을 선택했나.

기라 북부 자동차 학원은 변두리에 있어. 사카가미는 오사나이의 자전거를 훔친 날, 자기 자전거를 '가지러 돌아간다'고 했으니까 학교에는 걸어서 다니겠지. 그렇다는 건 사카가미의 집은 미나카미 고등학교 근처란 소리야. 미나카미 고등학교는 이 동네에서 남서쪽에 있으니 버스를 이용하더라도 사카가미가 집에서 기라 북부 자동차 학원에 다니는 건 쉽지 않을 거야.

그래, 겐고도 알겠지만 이 동네에는 자동차 학원이 하나 더 있어. 기라 서부 자동차 학원이지. 위치는 알아?"

겐고는 어딘가 떨떠름한 표정이다.

"미나카미 고등학교에서 조금 북쪽으로 올라간 곳이야."

"그래. 다시 말해 사카가미의 집에서 그리 멀지 않아. 기라 북부 자동차 학원은 어떻게 생각해도 이 마을 주민을 위한 곳이라기보다 옆 동네 주민을 위한 자동차 학원이야. 교통편을 생각하면 사카가미는 당연히 기라 서부 자동차 학원을 선택해야 마땅해."

"'당연히 무엇이다'라고 말할 때, 그건 대체로 당연하지 않아."

"남의 말 가로채지 마. 흔하고 통속적인, 시시한 격언일 뿐이야. 만약 추리가 의심스럽다면 채점해주지 않을래? 의심스러운 부분과 믿을 만한 부분을 비율로."

"비율이라고?"

겐고는 잠시 고민하다가 말했다.

"6.5 대 3.5로 믿을 만해."

"충분한 수치야. 그럼 두 번째, 연령."

손가락을 두 개 세웠다.

"오사나이의 자전거를 훔친 날, 사카가미는 자기 패거리와 떠들고 있었어. 사카가미는 그중 한 사람을 선배라고 불렀지. 그리고 여기가 정말 중요한데, 그 선배라는 사람도 다른 사람을 선배라고 불렀어. 참고로 모두 미나카미 고등학교 교복을 입고 있었고."

"중요한 부분이라고?"

겐고는 신음소리를 냈다.

"모르겠는데."

"표현을 바꿔볼까? 선배의 선배가 있다는 건, 사카가미는 후배의 후배란 뜻이야. 즉 어지간한 사정이 아니라면 사카가미는 1학년인 셈이지."

"그건 알겠어. 그 점의 어디가 중요한지 모르겠다는 거야."

나는 피식 웃었다.

"너답지 않네. 이런 공식 절차 같은 건 특기 분야 아니야?"

"공식 절차……."

구관조처럼 따라 중얼거리던 겐고가 깜짝 놀라 고개를 들었다.

"그런가. 고등학교 1학년, 우리는……."

나는 고개를 힘껏 끄덕거렸다.

"만으로 열다섯 아니면 열여섯 살. 그렇지만 운전면허는 연령 제한이 가장 낮은 원동기 혹은 2종 소형 면허도 만 열여섯 살부터 딸 수 있어.

지금은 유월이야. 여섯 중 다섯 정도는 아직 열다섯 살이고 열다섯 살은 면허를 딸 수 없어. 다시 말해 1대 5의 비율로 의심스러워."

"……."

순간 겐고가 어리둥절한 표정을 지었다. 나는 틈을 주지 않고 세 손가락을 세워 겐고에게 들이댔다.

봄철 한정 딸기 타르트 사건

"세 번째, 태도의 문제.

사카가미가 만 열여섯이라고 치자. 그래서 가령 기라 북부 자동차 학원에서 2종 소형 면허를 따려고 한다고 가정해봐. 알다시피 원동기 면허는 교습이 필요 없으니까. 자, 그런데 남의 자전거를 태연히 훔치는 성격의 사카가미는 자동차 학원에 지각할 뻔했어. 셔틀버스는 벌써 떠났고, 버스를 따라 잡으려면 자전거를 죽어라 몰아서 마을 경계를 남북으로 가로질러 북쪽 변두리로 앞질러 가는 수밖에 없어.

사카가미는 과연 죽어라 질주할까?"

곧바로 답이 돌아왔다.

"나라면 할지도 몰라."

나도 바로 맞받아쳤다.

"너라면 그러겠지. 나는 안 그럴 거야. 문제는 사카가미가 단순히 2종 소형 면허를 따려고 과연 그렇게까지 할 것인가 야. 시험도 수강도 매일 있는 건 아니겠지만 꼭 그날만 받을 수 있는 것도 아닐 텐데. 어째서 그날은 빼먹지 않았을까?"

"면허를 따는 동안 얌전하게 구는 사람도 있겠지. 게다가 서둘러 따고 싶은 사정이 있었을지도 몰라."

"사정은 있었겠지. 사정이 없으면 이상해. 그 사정이란 게 뭘까?

이렇게 생각하면 자연스러워. 사카가미는 자기보다 서열이 높은 누군가의 지시로 면허를 따려는 거야."

겐고가 날카로운 시선으로 팔짱을 힘껏 꼈다.

"누군가라고? 그런 짓을 왜 해?"

나는 깜짝 놀랐다. 이상하다, 서열이 높은 누군가라니, 그런 생각은 하지도 않았는데 어째서 그런 말이 튀어나왔을까? 나는 서열이 높은 누군가가 얽혀 있다고 직감한 걸까? 그렇게 생각한 순간, 한 남자의 얼굴이 떠올랐다. 사카가미 패거리에서 홀로 곱상해 보이던 남자……. 아니, 아무런 증거나 논거가 없다면 지금은 생각할 때가 아니다. 나는 말을 흐렸다.

"아니, 뭐, 말이 그렇다는 거야.

어쨌든 판단 좀 해줘. 자전거 도둑의 성실한 태도가 의심스러운지, 의심스럽지 않은지."

가벼운 한숨.

"그래. 7대 3으로 의심스럽지 않아."

그렇군.

"내 의문은 그 세 가지야. 그럼 네 생각에 사카가미가 얼마나 의심스러운지 잠깐 계산해볼까?"

나는 주머니에서 휴대전화를 꺼내 메뉴에서 전자계산기를 선택했다.

"첫 번째. 겐고 넌 사카가미를 육십오 퍼센트로 신뢰했어. 두 번째는 1대 5니까 약 십칠 퍼센트야. 세 번째는 칠십 퍼센트지.

겐고. 사카가미가 극히 당연하게 운전면허를 따려 한다는 생각을, 너 스스로 어느 정도 확률로 믿고 있다고 생각해?"

각진 얼굴이 잔뜩 일그러졌다. 함정에 빠졌다는 사실을 깨달은 것이다. 즉흥적으로 작은 덫을 놓는 것쯤 일도 아니다. 나는 휴대전화 화면을 내밀었다.

"0.077. 약 팔 퍼센트야.

네가 생각할 때도 구십이 퍼센트의 확률로 사카가미가 의심스럽다는 걸 받아들이겠지?"

겐고는 팔짱을 풀고 두 주먹을 불끈 쥐더니 분한 기색으로 신음했다.

"젠장. 이렇다니까. 하여튼 넌 옛날부터 그랬어. 하면 되잖아. 뭐가 다운이야? 정말 재수없는 녀석이라니까."

"지금은 칭찬으로 받아들일게."

나는 그렇게 말하면서 속으로 혀를 쏙 내밀었다.

화술 공세로 밀고 나갔지만 사실 세 가지 의문 중 두 번째는 이상하다. 다른 두 가지는 '분명 그 말이 맞지만 이상하지 않다'고 말할 수 있는 데 반해, 연령 문제만은 그렇지 않다.

'사카가미는 열다섯 살이지만 이상하지 않다'고 말할 수 없는 것이다. 세 가지 의문을 같은 선상에 두고 확률을 따지는 건 올바른 계산법이 아니다. 덧붙여 말하면 '열다섯 살은 2종 소형 면허를 따지 못한다'는 사실이 곧 '열다섯 살은 자동차 학원에 등록할 수 없다'는 뜻은 아니다. 면허 취득 시점에서 열여섯 살이면 그만이니까. 하지만 나는 굳이 그 점을 언급하지는 않았다.

무엇보다 연령 문제를 차치하더라도 육십오 퍼센트와 칠십 퍼센트라면 확신은 오십 퍼센트를 넘는다. 반반의 확률로 오사나이가 위험하다면, 나는 당연히 움직일 테고 겐고도 힘을 빌려줄 것이다. 그런데 덫을 쳤으니 재수없는 놈이라는 소리를 듣는 것도 어쩌면 자업자득이다. 몹쓸 근성이다. 소시민으로 향하는 길은 험난하기만 하다.

"뭔지는 몰라도 사카가미가 면허를 따려는 행동에 의심스러운 구석은 있는 것 같아."

나는 그렇게 말을 이었다. 이미 시간은 삼십 분 가까이 지나고 있었다. 하지만 서두르지는 않았다. 차분히 추리의 연쇄를 이어나가자.

"그럼 운전면허증을 의심스러운 일에 사용한다면, 어떤 방법으로 쓰는가 하는 문제인데…….

어쨌든 운전면허증은 공식적인 신분증이야. 얼마든지 악용할 수 있겠지."

"이건 지금 이야기와 별도로 묻고 싶은데……."

겐고가 끼어들었다.

"신분증을 악용한다고 하니 범죄 조직이 바로 떠오르는데. 국내외 가릴 것 없이."

뭐, 확실히. 범죄 조직, 마피아나 갱, 야쿠자의 이미지가 떠오르지 않는다고는 말하지 않겠다. 하지만 겐고가 말한 전제처럼 나도 그런 문제라고는 생각하지 않는다.

"막장까지 가면 그런 가능성도 있을지 모르지. 하지만 글쎄……. 겐고, 사카가미가 그런 거물의 졸개는 아닐 거야. 그 녀석은 고등학생이야."

"거물의 졸개라는 표현은 좀 이상하네."

나는 가볍게 미소를 지었다.

"그럼 거물의 졸개가 아닌 평범한 고등학생, 단 선량하지 않은 고등학생인 사카가미가 신분증을 손에 넣어 할 수 있는 일이란 무엇일까?"

그렇게 중얼거리며 고민했다. 하지만 내 머리에는 한 가지 생각밖에 떠오르지 않았다. 생각이랄까, 대략적인 방향성이지만.

"사카가미가 무슨 큰 야망을 숨기고 있는 게 아니라면, 십중팔구 좀스러운 돈벌이일 거야."

"좀스러운지 어떤지는 모르겠지만."

겐고가 그런 단서를 걸고 고개를 끄덕였다.

"그렇겠지."

"받아들이는 거야?"

증명하라고 하면 말문이 막힐 포인트였던 터라, 나는 되레 겐고의 동의에 놀랐다. 얼빠진 소리를 낸 내게 겐고가 말했다.

"그런 녀석의 목적이 돈이 아니라면 그게 더 놀라운데."

순순히 받아들여주었다는 게 이유라면 너무 변덕스러울지 모르지만, 나는 한 번 더 발판을 다져도 되겠다 싶었다. 졸속주의라 해도 어쩔 수 없다.

"신분증을 악용한다면 분명 돈벌이에 쓰겠지. 하지만 꼭 악용한다는 확신은 없어."

이 말에는 입장이 바뀐 것처럼 겐고가 반론을 펼쳤다.

"그럴 리는 없겠지. 악용하지 않는다면 평범하게 신분을 증명한다는 뜻인데, 그렇다면 학생증이나 주민등록표, 호적 등본으로도 충분해."

"……그런가. 그러네."

겐고가 팔짱 낀 팔을 바꿨다.

"하지만 조고로, 나는 아무래도 억지스러운 것 같아. 면허증을 악용한다고 쳐. 그 면허는 열여섯 살의 면허증이잖아? 그걸 뭐에 써?"

겐고는 조금 고민하다가 말을 이었다.

"기껏해야 훔친 CD를 팔아치울 때 보여주는 게 고작 아니야?"

나는 고개를 살래살래 저었다.

"그렇다면 면허를 딸 필요가 없지. 학생증으로 충분해. 게다가 사카가미가 도난품을 파는 데 자기 면허증을 쓴다면 왜 그 고생을 하겠어. 애초에 이윤이 적어. 힘들기만 하고 얻는 건 없지."

"네가 무슨 말을 하고 싶은지 점점 더 모르겠다."

"요점은……."

나는 그렇게 말하고 숨을 가다듬었다. 겐고가 말하는 '억지스러움'은 열여섯 살짜리의 신분증을 악용해도 큰 벌이는 되지 않는다는 이유 때문이다. 그렇다면 요점은…….

"이윤을 키우는 방법을 찾으면 돼."

입속이 바짝 타는 게 마음에 걸렸다. 나는 혀로 입술을 살짝 축였다. 이제부터가 클라이맥스인가. 머릿속이 차갑게 얼어붙는다. 자주 느껴보지 못했던 감각이다. 입은 돌아가지만 혀가 둔하게 굴러갔다.

"열여섯 살짜리의 면허증으로 굴릴 수 있는 금액은 뻔해. 가령 어지간한 액수를 굴릴 수 있다 해도 본인의 신분증을 사용하면 헛수고지.

그렇다면, 확실하게 돈을 벌 속셈이라면 스무 살 이상 타인 명의의 신분증을 만들면 돼. 그것만 있으면……."

나는 사채 금융의 슬로건을 몇 개 읊었다.

"조고로, 너 무슨 말을 하는지 알고 있어?"

겐고가 다소 낭패한 기색으로 끼어들었다.

"그건 공문서위조야."

그런가? 형법에서 어느 죄목에 해당하는지는 생각해보지 않았다. 애초에 그건 다음 단계로 갈 준비에 지나지 않는다. 다음 단계, 그러니까…….

나는 겐고의 의견을 무시했다.

"자동차 학원에 등록하려면 뭐가 필요할까? 그건 조금 조사해볼 필요가 있어."

"전화라도 하려고?"

"그것도 좋지만……."

문득 기억이 떠올랐다. 지난 이틀 동안 나는 몇 가지 자료를 수집했는데, 그중에 기라 북부 자동차 학원 전단지도 들어 있었다. 가방을 열어 안을 뒤졌다. 자료들은 내가 애용하는 하얀 바인더 노트 사이에 끼어 있었다. 있다. 기라 북부 자동차 학원, 등록 안내. 시내 여기저기서 제법 자주 눈에 띄는 전단지다.

나는 겐고와 내 사이에 전단지를 놓았다. 둘이서 전단지에 시선을 떨어뜨렸다. 필요한 부분을 찾았다. 손가락으로 가리키며 겐고에게 알려주었다.

등록 준비물.

흠.

본인 주민등록표, 인감.

이것뿐?

그렇다면, 이거 일이 조금 꼬였다. 머릿속으로만 생각을 풀어나가던 나는 겐고의 존재를 의식했다. 생각을 말로 옮기는데 말이 점점 빨라졌다.

"주민등록표와 인감이라……. 주민등록표를 뗄 때는 본인 확인을 하지 않아. 인감만 있으면 뗄 수 있어. 그렇다면 겐고. 스무 살 이상 타인 명의로 면허증을 따려면 인감 하나만 있으면 된다는 뜻이야. 인감만 있으면 나머지는 희생자를 고르는 일뿐. 스무 살 이상, 이 마을에 주민으로 등록되어 있고, 아직 운전면허증이 없는 인물."

잠깐. 나는 내 입에 브레이크를 걸었다. 이 조건에 해당하면서 사카가미와 관계가 있어 보이는 사람을 알고 있지 않나? 사카가미는 오사나이의 자전거를 훔치고 경솔하게도 등록 스티커를 떼지 않았다. 그 덕분에 오사나이는 두 번이나 학생 지도부에 불려가는 신세가 되었다. 두 번째 호출은 사흘 전. 파손된 자전거가 발견되었을 때. 첫 번째는…….

곰곰이 생각했다.

"게다가 그 인감은 막도장으로도 충분해. 흔한 성씨는 기성품으로 파니까. '고바토'는 안 팔지도 모르지만, '사토' 같은 이름이라면 동네 문구점에서도 팔 거야.

하지만 사카가미…… 좀더 정확히 말할게. 사카가미를 부리는 패거리가 먹잇감으로 고른 건, 상당히 희귀한 성씨를 가진 사람일 거야."

겐고는 눈썹을 찌푸렸다. 겐고가 모르는 정보를 근거로 이야기를 끌고 나갔으니 당연하다. 나는 말을 서둘렀다.

"이 동네에 이오키베라는 대학생이 있어. 이오키베 씨가 선거 투표를 하러 간 사이 집에 도둑이 들었어. 그렇다면 투표권이 있으니 스무 살 이상이고 이 마을에 주민으로 등록되

봄철 한정 딸기 타르트 사건

어 있다는 뜻이야. 게다가 빈집털이는 통장은 건드리지 않고 인감만 훔쳐갔어. 그리고 그 부근에서 사카가미의 자전거…… 사카가미가 훔친 오사나이의 자전거를 목격한 사람이 있어.

이건 우연으로 치부할 수 없는 수준이라고 생각하는데."

복잡한 표정을 짓고 있던 겐고가 갑자기 고개를 숙였다. 그대로 가만히 있나 싶더니 작은 목소리로 웅얼거렸다.

"그렇다면 2종 소형 면허를 딸 필요가 없잖아. 원동기 면허를 따는 게 더 쉽고 비용도 저렴해."

조금 생각해보았다.

"2종 소형 면허는 실제 운전에도 쓸 수 있으니 편리해. 게다가 원동기 한정 면허는 사회적 신용이라는 측면에서는 의심스럽지 않을까? 신분증으로 쓴다는 말은 못 들어봤는데."

"그렇군. 하지만……."

겐고는 무겁게 말했다.

"증거가 없잖아."

"그래."

나는 책상을 내리쳤다. 쿵 소리에 겐고가 고개를 들었다.

"겨우 알아냈어. 오사나이가 하려는 행동. 오사나이가 위험하다고 생각한 이유."

나는 숨을 한 번 들이마시고 겐고를 똑바로 쳐다보았다.

"그냥 한마디로 설명할게.

오사나이는 사기를 치려는 패거리에 맞서고 있어."

연쇄 추리가 그 말로 갈무리되는 것을 느끼며 나는 말을 이었다.

"오사나이는 자전거를 훔쳐 망가뜨리고, 그것도 모자라 봄철 한정 딸기 타르트를 망쳐버린 사카가미를 용서하지 않을 거야. 오사나이는 사카가미의 동향을 민감하게 살피면서 목덜미를 물어뜯을 기회만 노리고 있었어. 사흘 전, 사카가미가 자동차 학원에 다닌다는 걸 알았을 때, 오사나이는 '꼬리를 잡았다'고 했어.

생각해보면 오사나이는 소중한 디지털카메라로 증거를 잡을 작정이었던 게 아닐까? 확보할 증거는 뻔해. 사카가미의 본명이 사카가미라는 걸 증명할 사진과 자동차 학원에서는 다른 이름으로 등록했다는 사진을 찍으면 돼. 나머지는……."

"나머지는?"

나는 우물거렸다. 하지만 겐고의 눈빛 앞에서는 어설픈 소리라도 계속할 수밖에 없었다.

"……나머지는 오사나이가 어디까지 몰아세울 것인가. 설마 협박해서 돈을 뜯어내지는 않겠지만…….”

“잠깐 기다려.”

겐고가 도통 이해가 안 간다는 듯이 고개를 저었다.

“네가 말하는 오사나이란 그 오사나이를 말하는 거지? 아직 성밖에 모르지만, 요전에 우리집에 왔던 여자애. 그……뭐랄까, 소극적인 태도가 사람의 탈을 뒤집어쓴 듯한.”

마지못해 고개를 끄덕였다.

“응. 그 오사나이 유키 맞아.”

“그런데 목덜미를 물어뜯는다느니 협박해서 돈을 뜯어낸다느니.”

내 목소리는 점점 기어들어갔다.

“아니, 겐고. 나는 영악했어. 그게 싫어서 소시민을 지향했고.”

“…….”

“이건 비밀인데, 오사나이도 마찬가지야. 둘이서 소시민의 꿈을 이루자고 맹세했어. 다만 오사나이가 버리려 했던 건 영악함이 아니야.”

주위를 살폈다. 오사나이는 소리도 없이 뒤에 나타난다. 괜찮다, 없다. 그래도 목소리를 낮추었다.

“내가 옛날에 여우였다면, 오사나이는 늑대였어.”

떡 벌어진 입이 겐고의 심정을 여실히 대변해주고 있었다.

"요즘의 오사나이는 기껏해야 달콤한 디저트를 마주했을 때나 기쁜 표정을 짓지만, 전에는 달랐어. 오사나이는 자기한테 위해를 가하는 상대를 철저하게 짓밟을 때 가장 즐거워 보였지."

오사나이를 건드린 사람이 어떤 카운터펀치를 먹었는지, 그 공격을 위해 오사나이가 얼마나 교묘하게 움직였는지, 그걸 겐고에게 설명할 필요는 없을 것이다. 많은 일들이 있었다, 그 말로 충분하다. 사실 나도 전부는 알지 못한다.

자전거를 도둑맞은 것도, 그게 망가진 것도, 어쩌면 봄철 한정 딸기 타르트를 먹지 못한 것도 사실은 오사나이에게 중요한 문제가 아니었을지 모른다. 그 사건의 정말 중요한 측면은, 오사나이에게 복수를 꾀할 대의명분을 주었다는 점이다. 오사나이는 오랜만에 짜낸 복수 계획에 설레었을지도 모른다. 하지만 우리는 소시민이 되기로 결심했다. 나는 영악함을 버리겠노라 결심했다. 그리고 오사나이는 강한 집념을 버리겠노라 결심했다. 자전거를 도둑맞은 이튿날, 오사나이는 지금은 생각할 거리가 있는 게 마음 편하다며 어울리지도 않게 나를 도와주었다. 그건 사건의 충격을 잊기 위해 다른 문제를 생각하려던 게 아니었다. 오사나이는 그렇게 기특한 아이가 아니다.

그날, 오사나이가 잊으려고 애썼던 것은 복수를 꾀하고 그걸 기뻐하는 자신의 성향이었다는 사실을 나는 알고 있다.

겐고는 자기 눈으로 보기 전에는 믿지 않겠다고 했다. 그것도 좋겠지. 오사나이도 분명 그편을 고마워할 것이다. 중요한 건 오사나이의 과거가 아니다. 그 애의 현재 상황이다. 나는 겐고의 동요가 가라앉기를 기다려 말을 이었다.

"어쨌든 오사나이는 위험한 놈들에게 접근하고 있어. 아까 계산한 수치로는 구십이 퍼센트였지?

오사나이라면 걱정할 필요 없을 것 같기도 해. 겐고는 모르겠지만 오사나이는 굉장하거든. 몸집이 작다는 이유로는 설명이 안 될 정도로 완벽하게 기척 없이 접근해. 요령도 있고 동작도 잽싸지. 어쩌면 수리검 정도는 던질 수 있을지도 몰라. 증거 사진을 모으는 일쯤이야 대수도 아닐 거야.

다만 내 추측이 맞다면 상대 쪽에는 이번 판을 짠 녀석이 있어. 지금 추측이 옳다면 사카가미는 계획의 약점인 셈이니까, 의외로 철통처럼 보호하고 있을지도 몰라. 상대는 틀림없이 남자야. 힘으로 겨루면 오사나이도 위험해. 선량하지 않은 남자들로 구성된 집단이 오사나이를 붙잡았을 때 어떻

여우와 늑대의 마음

게 다룰지…….."

나는 몸을 떨었다.

"……상상하기도 싫어."

"조금 정리할 시간을 줘."

나는 그러라고 입을 다물었다. 겐고는 계속 끼고 있던 팔을 풀어 피가 통하게 두어 번 흔들더니 다시 팔짱을 꼈다. 눈살을 찌푸리고 곰곰이 생각하는 기색이다.

겐고는 아무 생각도 할 필요가 없다. 방금 전 내 추리가 사실인지 아닌지 검증하지 않아도 대충 받아들인 뒤에 내가 실제로 도움을 청하면 그때 생각해도 될 일이다. 하지만 받아들인 이상 진지하게 받아들이려는 것이리라. 이러니 의지하게 된다. 나는 몇 가지 측면에서 겐고를 얕보고 있지만 그보다 훨씬 많은 측면에서 그를 인정하고 있다. 그건 아마 겐고도 알고 있을 것이다.

이윽고 겐고가 움직였다. 오른손을 주머니에 찔러 넣더니 휴대전화를 꺼냈다.

"지금 당장 확인할 수 있는 간단한 방법이 있어. 시도해볼게."

겐고는 그렇게 중얼거리더니 내 대답도 기다리지 않고 단추를 눌렀다. 누구한테 거는지는 모르겠지만 상대는 바로 받은 듯했다. 친한 상대인지 겐고는 다짜고짜 용건을 말했다.

"엉, 지금 잠깐 괜찮아? 작년에 기도 중학교를 졸업한 사카가미란 남학생의 생일이 궁금한데. 응, 그래. 방법은 알아서 해."

아하. 기도 중학교란 이 동네 중학교 중 하나다. 겐고 녀석, 머리가 제법 돌아간다. 집이 미나카미 고등학교 근처라면 틀림없이 사카가미는 기도 중학교를 다녔을 것이다. 그걸 알면 생일도 조사할 수 있다. 나는 생각도 못 했지만, 인맥이 넓은 사람이라면 작년에 기도 중학교를 졸업한 사람에게 연줄을 댈 수도 있을 것이다. 그렇게 되면 뒷일은 간단하다. 졸업 앨범에 생일이 실려 있을 가능성은 높다.

하지만 겐고는 그다음부터 묘한 반응을 보이기 시작했다.

"아니, 아니야. 응, 그래, 고바토 때문에. ……뭐라고? 그래서 가르쳐줬어? 아니, 별로 큰 문제는 아니야. 결과는 알아냈어? ……그래. 응, 그거면 돼. 번거롭게 했네, 그럼."

겐고가 휴대전화를 내려놓았다. 나는 대체 무슨 일인지 겐고의 말을 기다렸다. 겐고는 머리를 벅벅 긁었다.

"선수를 빼앗겼어."

"사카가미에게? 그보다 상대는 누군데?"

"누나야. 백 명도 넘는 친구가 자랑거리니 연줄이 필요한 일은 그쪽에 맡기면 확실하거든. 그나저나 사카가미가 아니야. 오사나이가 선수를 쳤어."

뭐라고?

"어제 오사나이가 똑같은 부탁을 했대. 멍청한 누나, 오사나이가 너한테서 사카가미로 갈아탄 줄 알고 불쌍해하더라."

웃고 싶은 심정이었다. 지사토 선배의 착각이 아니라 오사나이의 행동력에.

"오사나이가 지사토 선배하고 그렇게 사이가 좋은 줄은 몰랐네."

"아니. 누나 기준으로는 한마디 말을 나눠본 사이는 다 친구야. 너희는 집에도 왔으니 절친 취급일걸."

뭐, 사실 집에 찾아가기만 한 사이도 아니지만. 지사토 선배와 오사나이와 나는 함께 '겐고의 도전'을 물리친 사이다.

"……그보다 결과가 나왔어."

결과. 나는 자세를 가다듬었다. 겐고는 거들먹거리지 않았다.

"사카가미란 성을 가진 남자애는 한 명. 날짜까지는 잊었다는데, 십이월생이래. 사카가미는 틀림없이 열다섯 살이야."

침을 삼켰다.

봄철 한정 딸기 타르트 사건

"그런가……."

이걸로 사카가미가 정식으로 운전면허를 따려 한다는 가능성은 상당히 낮아진 셈이다. 제로가 아닌 건 사카가미가 중학교를 유급한 끝에 미나카미 고등학교에 들어갔을 가능성도 있기 때문이지만……. 그럴 리는 없겠지.

겐고는 기합을 넣듯이 숨을 훅 내뱉었다.

"사정은 알겠어. 필요하면 불러. 만사 제치고 달려갈게. 다만 너도 거기까지 알아냈으면 어떻게든 말릴 궁리를 해봐."

"하고는 있는데 그게 좀처럼……."

그렇게 말하며 우리는 거의 동시에 자리에서 일어섰다. 겐고가 손목시계를 보았다. 그러고 보니 뭔가 볼일이 있다고 했는데 이야기가 길어지고 말았다. 미안하게 됐다.

이제는 더 할 말도 없어 그럼, 하고 짧은 인사를 나누고 헤어졌다. 그때였다.

휴대전화가 울렸다. 음악을 벨소리로 설정해놓지는 않았지만 전화인지 문자인지는 소리로 구분할 수 있다. 문자였다. 나는 별생각 없이 휴대전화를 꺼냈다.

"……오사나이야."

"뭐?"

교실에서 나가려던 겐고가 걸음을 멈췄다. 문자를 본 나는 체온이 뚝 떨어지는 기분이었다. 이상을 감지했는지 겐고가 다가왔다.

"왜 그래?"

"아니…… . 모르겠어. 이게 뭐지?"

화면에는 오사나이가 보낸 문자. 거기에는 아무 내용도 없었다. 제목도 없고, 내용은 URL 한 줄뿐. 그 URL로 들어가보니 빈 페이지였다.

그냥 빈 문자라면 괜찮다. 하지만 무슨 이유로 이런 짓을.

그렇게 생각하고 싶지는 않지만. 자꾸 나쁜 방향으로 연상이 된다. 나는 무심결에 중얼거렸다.

"설마 문자를 치고 싶어도 칠 수 없는 상황인 건…… ."

그 말을 들은 겐고의 판단은 재빨랐다.

"조고로, 너 학교엔 걸어왔어?"

"아, 응."

"그래? 그럼 둘이 타야겠군. 기라 북부 자동차 학원이지? 가자!"

그 말만 남기고 겐고는 교실을 박차고 나갔다.

아니, 사실 겐고가 정말로 교실을 박차고 나갔는지 제대로 보지 못했다. 왜냐면 겐고보다 내가 한발 먼저 뛰쳐나갔기 때문이다.

5

이를 갈았다. 분통이 터진다. 이번이 처음이라면 또 몰라도 전에도 이러다가 따끔한 꼴을 당하지 않았던가.

나는 방금 겐고에게 했던 말을 떠올리고 있었다. 중학교 시절, 나의 3대 실패. 그 첫 번째. 거드름을 피우다가 때를 놓쳤다.

확실히 겐고의 협력은 몹시 탐이 났다. 일이 커지면 혼자 힘으로는 도리어 된통 당하는 게 고작이다. 최소 둘이서 행동하지 않으면 도망도 여의치 않다.

하지만 이리 되고 보니 그 선택은 실수였을지 모른다는 생각이 들었다. 오사나이의 폭주를 막을 수 없다면, 얄팍한 영웅심이든 필부의 용기든 뭐든 내세워서 오사나이 곁에 있어야 했다. 가장 위험한 순간에 나는 오사나이와의 약속을 지키지 못했다. 어느 한쪽이 달아날 때는 다른 한쪽이 방패막이가 되기로 했다. 그런데…….

아니, 아직 결론이 난 건 아니다. 오사나이가 보낸 빈 문자에 나는 상상도 하지 못할 뭔가 심오한 의미가 있거나, 그도 아니면 내가 스스로 생각하는 만큼 여유도 뭣도 아닌 그냥 얼간이라 아까 세운 추리 자체가 완전히 빗나갔을지도 모른다.

그것을 확인하기 위해서라도 부탁이니 겐고, 조금만 더 서둘러. 아니면 오사나이, 답장을 줘. 문자를 몇 번이나 보냈는데도 답장이 없다.

"젠장, 역시 이걸로는 힘들어!"

겐고가 신음했다. 길은 변두리 언덕에 접어들었다. 사흘 전에 오사나이와 넘었던 언덕이다. 아무리 겐고의 체력으로도 남자를 하나 태우고 비탈길을 오르기는 힘든 모양이다. 나는 자전거에서 뛰어내려 뒤에서 밀었다. 얼마 지나지 않아 언덕 정상에 다다랐다. 나는 번쩍 깨달았다.

"겐고, 지금 몇 시야?"

겐고는 손목시계를 보고 외쳤다.

"4시 반!"

"정확히!"

"4시…… 26분!"

좋다. 늦지 않았다. 나는 가방을 들고 학교에서 뛰쳐나와 겐고의 가방과 함께 자전거 짐바구니에 넣어두었다.

"겐고, 잠깐 기다려. 가방 좀 꺼낼게."

"가방? 시간 없잖아."

"시간이 없어서 그래!"

겐고는 떨떠름한 기색이었지만 페달을 밟는 발을 멈추었다. 가방을 바구니에서 꺼내는 시간도 아쉬워 나는 그대로 가방을 열고 내용물을 살폈다. 있을 텐데, 늘 쓰는 물건이니까.

"찾았다."

아무 특징 없는 하얀 바인더 노트.

"어쩌려고?"

"됐으니까 서두르자."

겐고를 재촉해 언덕 끝까지 올라갔다. 꼭대기에서 다시 자전거에 함께 올라타 단숨에 비탈길을 내려갔다. 평소 행실의 차이인지, 누구와 달리 겐고의 자전거 체인은 풀리지 않았다. T 자형 교차로에 접어들었다. 왼쪽으로 가면 시가지, 오른쪽으로 가면 기라 북부 자동차 학원. 거기서 나는 다시 한번 겐고에게 자전거를 세우라고 부탁했다. 겐고는 짜증을 드러냈다.

"이번엔 뭐야?"

"올 거야. 버스가 와. 나한테 맡기고 자전거나 묶어놔."

말하는 사이 길 저편에서 눈에 익은 셔틀버스가 나타났다. 나는 가방을 가슴에 품고 버스를 향해 바인더를 높이 들었다. 그리고 그게 국가 공인 허가증이라도 되는 것처럼 머리 위로 천천히 좌우로 흔들었다. 셔틀버스에 대한 내 추리가 맞고 운전사의 시력이 내가 원하는 만큼 나쁘다면.

바인더를 몇 번 흔들다가 팔을 내렸다. 숨을 삼켰다.

셔틀버스의 불빛이 깜빡거렸다. 확인했다는 신호가 틀림없다.

가까이 다가오면 내가 들고 있는 물건이 기라 북부 자동차 학원에서 만든 서류철이 아니라는 것을 들키고 만다. 나는 태연한 얼굴로 바인더를 가방에 넣었다.

"조고로, 너란 놈은⋯⋯."

기가 막히다는 듯한 겐고의 목소리. 이렇게 초보적인 속임수에 감탄하다니 뜻밖이다. 눈앞에서 버스가 멈췄다.

빈 문자를 받은 지 벌써 이십 분이나 지났다.

스프링이 다 눌려 불편한 좌석에 몸을 묻고는 가만히 어금니를 악물고 입을 다물고 있었다. 한 사람을 몰아세우고 이십 분이면 어떤 짓을 할 수 있을까. 자꾸만 불길한 상상이 용솟

음쳤다.

중학생이었던 나는 때를 맞추지 못했다. 잘난 척 추리를
늘어놓다 보니 모든 게 끝나버렸다. 내가 모르는 곳에서 일
이 벌어지고, 해결이 누구에게도 의미를 갖지 못한 적도 있었
다. 뒷북. 이번에도 그렇게 될까? 나는 또 때를 놓친 걸까?

자동차 학원까지는 오 분 남짓. 기나긴 오 분이었다.

자동차 학원의 살풍경한 로비. 사람은 그리 많지 않았지만
계층은 다양했다. 최신 유행하는 무늬 셔츠로 몸을 감싼 청년
도 있고, 정말 합법적으로 운전면허를 딸 수 있을지 의심스러
운 중년도 있다. 오사나이는 보이지 않았다. 어쩐다……. 초
조해하던 찰나.

"컥."

목덜미를 붙잡혔다. 정확히는 누가 밑에서 뒷덜미를 잡아
당겼다. 괴상한 목소리와 함께 무릎이 풀썩 꺾일 뻔했다. 뒤
를 돌아본 나는 무릎에서 힘이 풀렸다.

어디서 만났던가요, 하고 묻고 싶은 보이시한 차림의 소녀
가 서 있었다. 소매가 해진 갈색 재킷에 찢어진 청바지. 험하
게 신은 듯한 스니커. 거기에 눌러쓴 가죽 모자가 영 엉뚱한
데다 다소 통일성이 없는 패션이었다.

"아……."

입을 열려는데 소녀가 자기 입술에 손가락을 갖다 댔다.

까딱까딱, 손짓으로 나를 부른다. 나는 뒤에 서 있던 겐고에게 마찬가지로 손짓을 했다. 셋이서 나란히 흡연실이라는 팻말이 붙은 작은 방으로 들어갔다.

겐고가 문을 닫자 소녀는 모자를 벗고 만족스럽게 웃었다.

"이렇게 빨리 올 필요는 없었는데."

오사나이 유키 변장 완료. 패션 아이템으로는 쨍인 모자는 단발머리를 숨길 때 빼놓을 수 없는 소도구다.

늦지 않았다. 그것도 여유 있게. 아니, 늦지 않았다는 표현은 이상하다. 늦어서는 안 될 위험을 찾아볼 수가 없었다.

"오, 오사나이? 이게?"

겐고가 무례하게도 오사나이를 손가락질했다. 세일러복을 입은 오사나이와, 예전에 집에 찾아왔을 때 본 수수하기 그지없는 오사나이밖에 모르는 겐고에게 이 모습은 충격적이었던 모양이다. 변장한 모습을 들킨 오사나이는 미소를 슬그머니 거두더니 내게 속닥거렸다.

"어째서 도지마까지 있는 거야?"

사정은 제대로 파악하지 못했지만 오사나이가 이렇게 무사하다는 것은 사실이다. 그렇다면 우리는 괜한 걱정을 했다는 뜻이다. 나는 손해 봤다는 표정을 지으며 대답했다.

"어째서긴. 나 혼자서는 위험한 상황에 대처할 수 없어서
데려왔지."

"위험?"

"사카가미를 미행했잖아."

"그렇긴 한데……."

서로의 얼굴에 물음표가 떠올랐다.

"도움을 청했잖아?"

"그런 적 없는데."

"문자를 보냈잖아. 빈 문자."

아아, 하고 오사나이가 환한 표정으로 휴대전화를 꺼냈다.
카메라가 달린 신형이다.

"응, 보냈어. 사카가미가 이오키베라는 이름으로 수강하고
있다는 증거 사진. 고바토라면 내가 뭘 조사하고 싶었는지 눈
치챘겠지?"

증거 사진을 보냈다고? 나는 오사나이가 보낸 문자를 열어
화면을 보여주었다.

"그런 게 어디 있어? 링크밖에 없는 문자에, 게다가 링크
를 눌러봐도 아무것도 없었어. 이런 걸 보내면 걱정하는 게
당연하잖아."

오사나이는 화면을 들여다보았다. 모니터에 떠 있는 것은
X 마크 하나뿐.

"고바토, 이 휴대전화, 이미지 볼 수 있어?"

"그런 쓸데없는 기능은 없어. 심플한 게 좋단 말이야."

오사나이가 고개를 절레절레 저었다.

"그림 파일을 표시 못 하는 건 심플한 수준이 아니야……."

"그럼 무슨 수준인데?"

"……구석기시대?"

오사나이가 재빠른 손놀림으로 자기 휴대전화를 조작했
다.

"이걸 보낸 거야."

오사나이의 신형 휴대전화 화면에는 책상에 앉아 있는 사
카가미가 찍혀 있었다. 여러 장 필요한 증거 사진 중 하나이
리라.

나는 겨우 사태를 파악했다.

내 휴대전화는 구형. 문자는 주고받을 수 있지만 이미지는
열 수 없다. 오사나이가 보낸 문자는 다른 서버에 업로드되었
을 것이다. 그래서 내 휴대전화에는 링크만 들어왔고 그 링크
페이지도 백지가 되었다. 요컨대 오사나이의 휴대전화가 신
형인 게 잘못이다.

온몸에서 흐느적흐느적 힘이 빠져나갔다.

나는 겐고를 돌아보았다. 겐고는 눈앞의 보이시한 소녀와 오사나이 유키가 아직 동일 인물로 보이지 않는지 눈을 휘둥그레 뜨고 있다. 나는 머리를 벅벅 긁으며 변명했다.

"어, 그러니까 겐고, 열심히 페달을 밟았는데 헛수고였네. 오사나이는 벌써 미션을 끝냈대."

"아니, 뭐, 그건 잘된 일인데 너 정말 오사나이 맞아?"

말이 제대로 나오지 않는 겐고에게 오사나이는 난처한 표정으로 고개를 갸웃거렸지만 이윽고 뭔가 생각났다는 듯이 거짓말처럼 밝은 태도로 고개를 꾸벅 숙였다.

"처음 뵐게요, 유키의 쌍둥이 동생 마키예요."

잡아떼시겠다?

점점 더 혼란에 빠진 겐고와, 속이 훤히 보이는 거짓말을 태연히 하는 오사나이를 번갈아 보며 나는 목구멍 속에서 쿡쿡 올라오는 웃음을 참을 수 없었다.

The Special
Strawberry Tart
Case

에필로그

오사나이가 증거 사진을 손에 넣은 뒤로 열흘 남짓 지났다. 나는, 그리고 아마 오사나이도 그럴 테지만 이번 일을 차츰 잊어가고 있었다. 그런데 그날, 조간신문을 읽던 나는 얼어붙었다. 작은 기사였지만 사회면에 이런 기사가 똑똑히 실려 있었다.

부정 면허로 사기 미수. 기라 경찰서 고등학생 5명 체포

기사를 읽어보니 일을 주도한 열일곱 살 고등학교 3학년 학생이 체포되었다. 체포라. 전과가 붙었군. 운전면허증은 공안위원회 관할이다. 공안을 적으로 돌린 대가는 훈계가 아

니라 체포였던 것이다. 아무도 모르게 처분당하지 않은 게 다행이다. 농담이지만. 농담이라도 생각하지 않으면 마음이 무겁다.

토요일이라 학교는 쉬는 날이었다. 휴대전화로 오사나이와 연락을 취해 적당한 카페에서 만나기로 했다. 가게에는 내가 먼저 도착했다. 오 분도 지나지 않아 오사나이도 나타났다. 시원스러운 하늘색 원피스에 소매에 레이스가 달린 하얀 니트. 요란하지도 수수하지도 않은 복장이다. 가게 구석, 커플이 자리를 잡은 테이블 앞자리가 비어 있어 거기에 앉았다. 모닝 세트를 고를 수 있어 나는 토스트를, 오사나이는 핫케이크를 골랐다.

그건 그렇고, 테이블 위에 문제의 기사를 펼쳤다. 오사나이가 눈치 빠르게 다른 신문도 챙겨 왔다. 《아사히》, 《요미우리》, 《마이니치》. 우와, 기사 크기는 다르지만 전부 실려 있었다.

모닝 세트를 가져다준 웨이트리스는 우리를 어떻게 봤을까? 둘 다 신문에 시선을 떨어뜨리고는 있지만 기사는 보지도 않고 초상집처럼 침통한 게, 서로 외도를 들킨 연인처럼 어색한 분위기였다.

메이플시럽과 함께 핫케이크가 나왔는데도 오사나이는 손

봄철 한정 딸기 타르트 사건

을 뻗지 않고 한참 있다가 불쑥 중얼거렸다.

"망했어……."

나도 이어 말했다.

"망했네……."

기사에는 당연히 학생들의 실명은 실리지 않았다. 시내 거주 20세 학생으로 위장했다는 내용뿐이었다. 그렇지만 이 동네에서 같은 시기에 이런 사건이 두 번이나 일어날 리는 없다. 이 정도로 자세히 보도되면 겐고의 귀에도 들어갈 것이다. 아무리 겐고라도 그때 자동차 학원에 있었던 게 오사나이의 쌍둥이 여동생이라는 얘기를 믿을 리는 없다. 그렇다면 마침내 오사나이에 대한 겐고의 인식도 뒤바뀔 것이다.

기사로 몇 가지 사실을 새롭게 알게 되었다.

그 패거리가 어째서 손쉬운 원동기 면허가 아니라 학원에 다녀야 하는 2종 소형 면허로 사기를 칠 계획을 세웠는지. 나는 2종 소형 면허가 운전에도 써먹을 수 있고 사회적으로도 신뢰할 만한 신분증이기 때문이라고 생각했다. 그 추측은 일부는 맞고 일부는 틀렸다. 사카가미는 원래 고등학교에 들어가면 2종 소형 면허를 딸 작정이었던 모양이다. 그것을 패거리에 얘기했다가 이번 사기에 이용당했다고 한다. 결국 사카가미는 자비로 학원비를 내고 부득이하게 남의 이름으로 등록해, 전력으로 자전거를 몰아 필사적으로 학원에 다닌 끝에 면허도 따지 못하고 전과까지 붙고 만 것이다. 졸개도 고생이다.

또 한 가지. 어째서 그 패거리는 이오키베 씨에게 운전면허가 없다는 걸 알고 있었나? 이건 반대였던 모양이다. 그 패거리가 이오키베 씨의 면허 소지 여부를 조사한 게 아니라, 이오키베 씨에게 면허가 없다는 사실을 패거리 일원이 알게 된 것이 이번 사기의 발단이었다고 한다. 기사에는 이오키베 씨의 이름은 실려 있지 않았으니, 이오키베 씨와 패거리 사이에 어떤 연결 고리가 있는지는 모르겠지만. 어쨌든 뭔가는 있었으리라.

솔직히 우리가 직접 사카가미 패거리를 고발한 것은 아니다. 오사나이는 복수를 원했지만 경찰과 얽히기는 꺼렸다. 그래서 시내의 모든 사채 회사에 공중전화로 익명 전화를 걸어 '이오키베'라는 이름으로 돈을 빌리러 오는 사람이 있으면 조심하라고 경고했다. 그 다음날에는 증거 사진도 배달되었을 것이다.

사채 회사는 대부업의 프로다. 우리가 경고하지 않아도 사카가미 패거리의 간계를 꿰뚫어 보았을지 모른다. 그런 생각으로 마음을 달래보았지만, 우리는 이렇게 생각할 수밖에 없었다. 오사나이 유키는, 봄철 한정 딸기 타르트의 빚을 멋지게 갚았다.

복수했다고 마냥 기분이 후련할 수는 없는 모양이다.

"이젠 안 그러겠다고 결심했는데……."

오사나이가 울먹이는 목소리로 말하며 메이플시럽을 들어 핫케이크 위에 뿌리더니 마지막 한 방울까지 똑 떨어지기를 기다려 덧붙였다.

"소시민이 되기로 결심했는데."

버터를 피해서 나이프로 먹음직스러운 핫케이크를 네 조각으로 자른다. 그러나 오사나이는 식욕이 없어 보였다. 단발머리 밑으로 살피는 듯한 시선으로 나를 올려다본다.

"미안해, 고바토. 약속대로 말리려고 애써줬는데."

나는 천천히 고개를 저었다.

"약속은 나도 깼어. 이제 탐정 노릇은 하지 않겠다고 결심했는데, 기억나는 것만 해도……."

하나 둘 셋, 손가락을 꼽았다. 손가방, 두 장의 그림, 맛있는 코코아. 깨진 음료수 병은 셈하지 않더라도 사카가미 사건을 더하면.

"네 번은 했어."

"……업보구나."

"너나 나나."

거의 동시에 깊디깊은 한숨을 토했다. 펼친 신문을 보면 점점 더 한숨이 나올 것 같아, 신문을 몽땅 접어 제자리에 갖다 놓으려고 일어섰다. 자리로 돌아와서 마음을 가다듬고 마시고 싶지도 않은 커피를 한 모금 마셨다.

오사나이가 중얼거렸다.

"그만둘까?"

커피잔을 손에 든 채로 나는 오사나이를 쳐다보았다.

"집념이 강한 게 내 성격이고, 참견하기 좋아하는 게 고바토의 성격이야. 그건 어쩔 수 없는 일이라고 포기하면 안 될까? 아무리 스스로를 속여도 결국 허점이 드러나는걸. 참고 또 참아도 결국 실수하게 된다면 처음부터……."

잔을 내려놓았다. 컵받침이 찰그랑 소리를 냈다.

"마음이 약해지는 건 이해해. 하지만 오사나이, 우리는 딱히 스스로를 속이고 있는 게 아니야. 단점을 고치려는 거니까 힘든 게 당연해. 예전에 나쁘다는 걸 알면서도 함부로 행동하는 건 자제심이 부족한 증거라고 가르쳐준 건 오사나이였잖아? 지금은 교정 기간이야."

"……응."

나는 눈동자에 불굴의 투지를 담았다.

봄철 한정 딸기 타르트 사건

"버릇은 하루아침에 못 고쳐. 바로 완벽해지려 하다니 우리가 너무 성급했어. 노력하자. 포기하지 말고 느긋하게 가자고."

우리는 체념과 의례적 무관심을 마음속에 키우며 언젠가 거머쥘 것이다, 소시민의 별을.

오사나이도 나를 마주보았다. 눈동자에 굳건한 의지가 보였다.

"응."

힘차게 고개를 끄덕인 오사나이의 뒤통수에.

좌악 소리와 함께 물이 쏟아졌다. 무슨 일이 벌어졌는지 이해하지 못한 오사나이는 눈을 깜빡거리며 뒤를 홱 돌아보았다.

오사나이의 맞은편에 앉아 있던 나는 무슨 일이 벌어졌는지 똑똑히 보았다. 우리보다 안쪽 자리에 앉아 있던 커플 중 여자가 남자에게 물을 끼얹은 것이다. 아니, 정확히는 끼얹으려고 했다. 남자는 잽싸게 몸을 틀어 물벼락을 거의 맞지 않았다. 뒤를 좀 살펴보고 피했어야지.

어이없는 상황에 오사나이는 말도 나오지 않는 기색이었다. 나도 그랬다. 여자는 빈 컵을 테이블에 힘껏 내려놓더니 "이제 끝이야!"라는 말을 남기고 자리에서 일어나 가게를 나갔다. 남자는 정신을 차리고는 바로 일어나 계산대에 몇천 엔을 함께 내고 여자의 뒤를 쫓았다. 그리고 그 뒤를…… 소리 없이, 오사나이가 손수건으로 뒤통수를 닦으며 따라갔다.

남이 울적해하고 있을 때 소녀의 상처 입기 쉬운 머리카락에 냉수를 뿌리고 사과 한마디 없다니 이 멍청이들이, 이런 심정일까? 말려야겠지? 그렇게 생각하면서도 나는 테이블 위의 핫케이크와 토스트를 굽어보았다. 그리고 방금 전까지 커플이 있던 테이블을 보았다. 마시다 만 커피. 홍차. 모닝세트. 담배. 볼펜. 그리고 조금 흥미로운 물건이 몇 개.

휴대전화를 꺼냈다. 문자 발신. 상대는 오사나이. 내용은, 이렇다.

급하게 쫓아가지 않아도 돼. 보아하니 그 두 사람은 평범한 커플이 아니야. 켕기는 구석이 있어.
내 생각에 이건 유류품 분석으로 해결할 수 있어.

뭐, 그거다. 버릇은 하루아침에 고치지 못한다.
……내일부터는, 잘할 수 있을 것이다.

봄철 한정 딸기 타르트 사건

김선영

한국 외국어 대학교 일본어과를 졸업했다. 다양한 매체에서 전문 번역가로 활동했으며 특히 일본 미스터리 문학에서 왕성한 활동을 하고 있다. 옮긴 책으로는 『야경』, 『엠브리오 기담』, 『쌍두의 악마』, 『인형은 왜 살해되는가』, 『살아 있는 시체의 죽음』, 『손가락 없는 환상곡』, 『고백』, 『클라인의 항아리』, 『열쇠 없는 꿈을 꾸다』, 『완전연애』, 『경관의 피』, 『흑사관 살인 사건』 등이 있다.

봄철 한정 딸기 타르트 사건

1판 1쇄 2016년 4월 29일
1판 18쇄 2025년 1월 17일

지은이 요네자와 호노부
옮긴이 김선영

책임편집 지혜림 | **편집** 임지호
아트디렉팅 이혜경 | **본문조판** 이보람 | **일러스트** 박경연
저작권 박지영 형소진 최은진 오서영
마케팅 정민호 서지화 한민아 이민경 왕지경 정유진 정경주 김수인 김혜원 김예진
브랜딩 함유지 함근아 박민재 김희숙 이송이 김하연 박다솔 조다현 배진성
제작 강신은 김동욱 이순호 | **제작처** 인쇄 한영문화사 제본 신안문화사

펴낸곳 (주)문학동네 | **펴낸이** 김소영
출판등록 1993년 10월 22일 제2003-000045호

주소 10881 경기도 파주시 회동길 210
문의 031-955-2637(편집) 031-955-2696(마케팅) 031-955-8855(팩스)
전자우편 elixir@munhak.com | **홈페이지** www.elmys.co.kr
인스타그램 @elixir_mystery | **X(트위터)** @elixir_mystery

ISBN 978-89-546-4026-8 04830
      978-89-546-4025-1 (세트)

엘릭시르는 출판그룹 문학동네의 장르문학 브랜드입니다.

잘못된 책은 구입하신 서점에서 교환해드립니다.
기타 교환 문의 031-955-2661, 3580